The Plus One Chronicles

ENTREGA TOTAL

JENNIFER LYON

Editora
Charme

1ª Impressão 2016

Produção Editorial: Editora Charme
Capa: Sommer Stein
Foto: Shutterstock
Tradução: Monique D'Orazio
Revisão: Ingrid Lopes
Diagramação e produção gráfica : Verônica Góes

Este livro segue as regras da Nova Ortografia da Lingua Portuguesa.

CIP-BRASIL, CATALOGAÇÃO NA PUBLICAÇÃO
SINDICATO NACIONAL DE EDITORES DE LIVROS, RJ

Lyon, Jennifer
Entrega Total / Jennifer Lyon
Titulo Original - Obsession
Série The Plus One Chronicles - Livro 3
Editora Charme, 2016 .

ISBN: 978-85-68056-23-3
1. Romance Estrangeiro

CDD 813
CDU 821.111(73)3

www.editoracharme.com.br

The Plus One Chronicles

JENNIFER LYON

ENTREGA TOTAL

Tradução: Monique D'Orazio

Editora
Charme

Capítulo 01

Uma tensão raivosa corroía os músculos do pescoço de Kat Thayne à medida que ela dirigia pelas ruas de San Diego, Califórnia, rumo a um confronto.

Sloane Michaels não era um assassino. Kat não deixaria que a mãe dele o culpasse ou o transformasse em bandido. Kat já havia cometido um erro ao pensar que Sloane viria falar com ela pessoalmente. Em vez disso, ele tinha enviado uma mensagem de texto.

Você vai continuar com a equipe de segurança até tudo terminar. Isso não está aberto à discussão.

Seu peito doía. Já era ruim o suficiente que a mãe dele tivesse entrado na Sugar Dancer e largado a bomba: Sloane nutria um desejo de vingança contra o assassino de sua irmã. Olivia Michaels era uma mulher terrível e uma mãe ainda pior. Sloane não havia mentido.

A casa enorme apareceu assim que ela entrou com o carro na propriedade, e os portões de segurança se fecharam logo atrás. Kat respirou fundo, tentando controlar a ansiedade. Por que ele não tinha ido falar com ela? Achava que Kat o abandonaria quando as coisas ficassem difíceis? O silêncio doía. Ela se encheu de coragem, recusando-se a mergulhar em si mesma e se esconder.

Depois de estacionar o carro, seguiu às pressas até a

casa de Sloane, entrou sem bater e virou à esquerda para a sala íntima.

Drake a viu da poltrona. O homem parecia mais velho e mais magro desde a noite anterior. Uma nova pancada de dor dilacerou Kat. Em poucas semanas, ela havia aprendido a amar Drake, no entanto, perdiam-no mais a cada dia. Essa situação e o desejo poderoso de vingança estavam destruindo Sloane.

Mas, na tentativa de ajudá-lo, Kat estava certa de uma coisa: tinha um aliado em Drake, o que lhe dava uma dose renovada de força.

— Onde ele está?

Lentamente, Drake se colocou em pé. Kat se adiantou depressa para lhe pegar pelo braço.

— Dia ruim? — O rosto dele tinha uma camada cinzenta. A dor devia ser medonha. — Eu vou encontrar Sloane, você continua aí descansando.

— Preciso me mexer um pouco. O Sloane está no estúdio.

Ela se pôs a acompanhar os passos arrastados de Drake, sustentando o máximo do peso dele possível, sem forçar demais a perna. Seguiram caminho pela cozinha e saíram para a garagem. Cada passo era uma luta para ele.

— Você tomou sua medicação para dor? — perguntou Kat.

— Mais tarde. — Ele a levou para a garagem. O esforço em sua voz a deixou preocupada.

— Vamos voltar para a casa. Você precisa de morfina. — Mas isso às vezes lhe causava problemas estomacais. — Ou você está com náuseas?

Drake fez uma pausa e olhou para ela.

— Eu estou bem, mas o Sloane não está. Ele nunca fica bem depois de lidar com a mãe.

— Ele disse que a Olivia foi à minha loja? E o que ela me falou? — Claro que ele tinha dito. Drake era a única pessoa em quem Sloane confiava. Se, por um lado, Kat desejava que ele confiasse nela, por outro, estava contente por existir Drake. — Você sabe o que ele está planejando?

Drake assentiu.

— Não consegui convencê-lo a não matar o Foster. — Suas palavras eram tão pesadas quanto seu olhar. — Tenho esperança de que ele te dê ouvidos. E que você o ame o suficiente para não desistir dele.

Ela respirou fundo. Não era uma questão do seu amor, mas dos sentimentos que Sloane tinha por ela. Suas emoções se agitaram numa ansiedade que dava náusea. E se não conseguisse fazer Sloane lhe dar ouvidos?

Antes que ela pudesse dizer qualquer outra coisa, Drake começou a andar, passando pelos carros perfeitamente alinhados até chegar a uma outra porta. Ele a empurrou, abriu e revelou uma enorme sala com teto alto. Kat não tinha estado ali antes. Espelhos revestiam duas paredes, e uma terceira exibia armas de artes marciais. O último lado tinha pesos e um saco pesado, e o centro do espaço estava coberto de colchonetes azuis. Mas nada disso importava quando seus olhos se fixaram em Sloane. Ele usava um calção e uma camada de suor. Perplexa, ela tentou acompanhar a velocidade dos seus movimentos.

— Ele está fazendo as sequências do grau de mestre em Tae Kwon Do — disse Drake.

A beleza e o poder deixaram Kat sem fôlego. Sloane controlava cada soco, cada rotação, cada pontapé e cada torção. Uma hora, fazia um movimento preciso e lento, semelhante à troca de posições na ioga, e, no instante seguinte, dava um chute giratório com salto, da altura do rosto dela.

Kat nunca tinha visto esse lado dele. Sloane era tão extraordinário que ela corou com as memórias de quando ele lhe ensinou defesa pessoal. Droga, às vezes, apenas num simples passo, sua perna fraquejava e ela tropeçava, enquanto, por outro lado, Sloane parecia desafiar as leis da física e da gravidade. Por que ele havia concordado em perder tempo para ensiná-la?

Kat precisava ir embora. O que tinha ido fazer lá? Gritar com ele porque Sloane não se importava o suficiente para falar com ela? Mas, olhando-o agora, tornava-se clara como o dia a distância enorme que a separava de Sloane. A humilhação por sua própria tolice varreu-lhe o rosto e o peito. Como Kat poderia ter pensado que ele queria ter um relacionamento real com ela? Do tipo em que podiam recorrer um ao outro? Em vez disso, ele a evitava e a ignorava quando ela se tornava inconveniente.

Ir embora. Dada a extrema concentração que ardia no rosto de Sloane, Kat duvidava que ele notasse que ela e Drake estavam na sala. Mesmo assim, não conseguia se obrigar a dar meia-volta. Observando-o executar movimentos tão complexos e poderosos dos quais ela nem sabia os nomes, seu último fio de esperança de que ele pudesse realmente amá-la acabou de morrer. Mas não ia confrontá-lo sobre seu suposto relacionamento. Kat tinha mais orgulho do que isso, não importava o quanto doesse. Não, ela estava ali para tentar impedir Sloane de cometer um erro que poderia arruiná-lo emocionalmente. De alguma forma, precisava fazê-lo enxergar que ele não era um assassino.

Kat se virou com a intenção de olhar para Drake, mas ele já não estava mais ali. Estava tão absorta em Sloane que não ouviu Drake sair.

— Ele foi embora faz um minuto.

Virando bruscamente, Kat se segurou na parede para se equilibrar.

— Você sabia que a gente estava aqui?

O peito de Sloane ofegava. Ele passou a mão pelos cabelos molhados de suor. Com quase dois metros de altura, era formado por mais de noventa quilos de músculos. Kat sentiu as mãos coçarem de vontade de tocá-lo, de traçar as linhas que refletiam anos e anos de dedicação severa. Ela sempre quis saber o que o levava a treinar tão duro. Desviando o olhar para a tatuagem que reluzia sob a nova camada de suor, ela soube a resposta: o desejo de vingar Sara. Outra torrente de dor a atingiu. Quando Sloane amava alguém, amava profundamente e para sempre, como amava a irmã que tinha perdido pelas mãos de um assassino.

— Sempre sei quando você está perto de mim.

Ah, não.

— Você não pode ficar falando esse tipo de coisa. — Uma mistura tóxica de fúria e dor se inflamou. — Você não apareceu. — Ai, merda, não queria ter dito isso, mas tinha ficado sentada na confeitaria por horas, pensando que ele iria aparecer. Pensando que ele se preocupava com ela a ponto de fazer alguma coisa, qualquer coisa, menos enviar uma mensagem de duas linhas.

Sloane deixou cair a mão, mostrando que sua força bruta arrefecia.

— Kat...

— Não! — Deus, como doía. — Por que, Sloane? Por que mentir pra mim? Por que me fazer pensar que tínhamos algo real e duradouro quando a intenção sempre foi destruir tudo? — Lágrimas de humilhação escorrerem por seu rosto. Kat sentia repulsa de si mesma, mas sua boca dava ouvidos ao coração, não ao cérebro. Aquele não era o momento para falar com ele; não enquanto ela era um barril de pólvora emocional. Kat se virou, estendeu a mão para a porta, e seus pés saíram do chão.

As mãos enormes de Sloane lhe rodearam a cintura e a puxaram para trás, junto ao peito.

— Não chora, linda. Por favor.

A voz áspera em seu ouvido disparou tremores até o centro de sua alma, e um soluço irrompeu de seu peito.

Sloane levantou as pernas de Kat, afundou-se no tatame e a abraçou junto a si.

— Eu nunca quis magoar você. Não consegui me afastar. — Inspirou o ar com dificuldade. — Eu sei que tenho que fazer isso agora. Estou treinando há horas para tentar ficar longe de você.

Ele não queria se afastar. As palavras a rodearam tão forte quanto os braços dele. Kat virou o rosto e deu de cara com o peito de Sloane, sentindo a pele quente e úmida: uma droga viciante para seus sentidos devastados.

— Você não pode fazer isso. — Ela não podia deixá-lo. O horror das palavras de Olivia ao entrar na confeitaria estava gravado permanentemente em seu cérebro:

Sloane colocou um alvo nas minhas costas quando testemunhou contra esse animal que matou meu bebê. Eu disse a ele para não fazer isso. Ele já tinha feito o suficiente. A polícia olhou para mim como se eu estivesse negligenciando meus filhos, quando eu estava tentando dar a eles uma vida melhor.

Olivia ficava dizendo que Sloane tinha de corrigir aquilo. Kat havia lhe perguntado o que Sloane deveria fazer para corrigir, mas estava completamente despreparada para a resposta.

Matar Lee Foster. Então eu vou estar segura e o mundo vai saber a verdade.

Sloane puxou suavemente o cabelo de Kat, trazendo-a de volta ao presente. Seus olhos estavam tristes e perturbados.

— Eu tenho que fazer isso.

Ele acreditava no que estava dizendo. Kat conseguia

enxergar em seu olhar torturado.

— Foi por isso que você treinou. Todos esses anos.

— Foi.

Havia treinado para matar, e ainda assim embalava Kat com ternura no colo.

— Quando você está planejando matá-lo? E como? — Ela achou que sabia, depois de ter imaginado a partir de algumas das coisas que a mãe dele havia dito, mas queria ouvir de sua boca.

Sloane encostou a testa na dela.

— Vou te dizer o que você quer saber depois que eu tomar banho. Estou suando em cima de você.

— Não me importo. — Kat se agarrou mais apertado a ele, sentindo um terrível pressentimento lhe roubar a respiração. Se o soltasse, ela o perderia.

— Tocar você só está tornando isso mais difícil. — Ele ergueu a cabeça. No espaço de um segundo, seus olhos se esvaziaram e assumiram um tom marrom sem brilho. Sloane se levantou e a apoiou no chão sobre os próprios pés. — Vamos conversar, você precisa entender o motivo para manter sua equipe de segurança até que Foster esteja morto.

Calafrios lhe percorreram a pele. Ela estendeu a mão para tocá-lo e recuperar a ligação que tinham apenas alguns segundos antes.

— Você não pode matá-lo. Isso é assassinato. — Será que ele não entendia?

Sloane deu um passo atrás, afastando-se de seu toque.

— Treinei duro e treinei muito para garantir que eu pudesse matá-lo. E é o que vou fazer. — Ele se virou e saiu.

Após o banho, Sloane saiu para o deque. Kat estava sentada em uma cadeira de balanço, com a perna boa apoiada na grade de proteção, empurrando a cadeira para frente e para trás. O sol estava se pondo no oceano, lançando um brilho suave sobre ela. Como é que ela podia vestir a calça jeans e a camiseta com que tinha trabalhado o dia todo e ainda parecer mais linda do que as mulheres que esbanjavam joias e vestidos de noite?

Ele sabia a resposta: Kat era real e sincera.

Tudo em Sloane ardia para abraçá-la e levá-la para o quarto, onde poderiam deixar tudo de fora e simplesmente ficar juntos.

Nenhum amigo moribundo. Nenhum assassino liberto. Nenhuma vagabunda de mãe perseguindo sua mulher. Não havia recordações de Sara estuprada e assassinada. E nenhuma das merdas com que Kat tinha de lidar.

— Como você achou que ia acontecer, Sloane? Você tinha que saber que eu ia descobrir seu plano mais cedo ou mais tarde.

Sua voz suave o arrancou dos pensamentos. Ele tinha que fazer isso. Depois de puxar a outra cadeira para perto dela, Sloane se sentou.

— Nunca pensei que fosse gostar tanto assim de você. Ou que você fosse gostar de mim. — Não o dinheiro ou o poder. *Ele*. Passou a mão pelo cabelo úmido. — Não era para ter acontecido assim. Você não deveria acontecer.

— E então?

Essa era sua garota. Ela não o deixava evitar a questão.

— Depois da primeira noite que você passou aqui na

minha cama, depois que tudo foi pelos ares no dia seguinte, eu sabia que estava em apuros. Você estava alcançando lugares em mim que ninguém mais tinha alcançado. Mais tarde, naquela manhã, no seu apartamento, eu disse a mim mesmo para ir embora, para te deixar em paz, porra. Eu sabia que ia te magoar. Não tenho desculpa. — Ele baixou a mão. — Não consegui desistir de você. Eu sabia que tudo isso ia acabar indo pro inferno. Eu te disse que ia foder com tudo.

— Eu confiei em você. Eu te disse coisas que não disse a mais ninguém. Ofereci partes de mim que não ofereci a mais ninguém.

O sofrimento sangrava em sua voz; era com uma joelhada nas bolas.

— Eu sei. — Era o que fazia dele o pior tipo de idiota. — Eu fiz o mesmo com você.

— Acreditei em você, mas você, mesmo assim, não me confiou a verdade. Em vez disso, eu tive que descobrir pela sua mãe.

Arrependimento por decepcioná-la e por deixar sua mãe chegar perto de Kat colidiu com a admiração. Sua confeiteirazinha assustada tinha se transformado numa mulher belamente feroz, capaz de lidar com uma mulher como Olivia, que a tirava do prumo. Ele flexionou os dedos para controlar o ímpeto de colocá-la sobre os joelhos, mas tinha perdido o direito de tocar, de abraçar, de ficar com ela.

— Mandei tirarem a Olivia da suíte na cobertura do hotel Opulence, aqui na cidade, e a mandei de volta para a Flórida. Ela não vai incomodar você de novo.

— Sua mãe está realmente com medo de Lee Foster?

Ele fez que sim.

— Foster falou com a Olivia antes do julgamento. Disse a ela para me impedir de testemunhar ou a faria implorar antes de morrer.

As sobrancelhas de Kat se uniram em confusão.

— Por que a polícia não fez alguma coisa?

Como ele explicaria a uma mulher nascida na riqueza como era viver na sarjeta? Não queria que ela soubesse dessa parte a respeito dele, mas estava lhe devendo a verdade.

— Ninguém se importava de verdade. Não éramos nada, lixos, pobretões. Olivia colocou as crianças no sistema de assistência social para transar com um cara. Eu tinha sido preso por briga. E Sara era apenas uma criança rejeitada.

Raiva impotente ardia no fundo de seus músculos, o combustível que o conduzia inexoravelmente. Nunca mais seria aquele garoto que ninguém enxergava. Tinha feito com que o vissem, e logo ele vingaria Sara como ela merecia.

— Acho que eles meio que acreditaram nas mentiras do Foster, de que Sara era uma vagabunda. Só fazia algumas horas que ela havia completado dezesseis anos e acabou morrendo com sangue nas pernas por ter sido estuprada. Aquele animal a matou estrangulada, e depois ainda a chamou de vagabunda. — Sloane não conseguia parar as palavras que iam se derramando de sua boca. Kat fazia isso com ele. Fazia-o ter vontade de contar o que ele era na essência, até a dor e a raiva antigas e apodrecidas.

Kat colocou a mão em seu braço.

— A Sara não era uma vagabunda. Era uma criança que merecia crescer em segurança.

O simples toque de Kat atravessava o sofrimento espesso que enevoava seu peito. Ele cobriu a mão dela com a sua. Apenas Kat o confortaria depois de ele tê-la machucado.

— Se Foster matou Sara com um estrangulamento, ele era lutador?

Sloane não ficou surpreso com a rapidez com que ela ligava os pontos.

— Lutador amador em clubes do submundo, como eu descobri depois. Foster acreditava que ia se dar bem nesse ramo. — A mão de Kat em torno da sua era uma tábua de salvação que o impedia de ser sugado pelo passado. Ele queria mantê-la ali para sempre, queria ficar com Kat sempre.

Mas não podia.

Acabe com isso agora. Já tinha lhe feito mal o suficiente.

— Aqui está o que você precisa saber. Foster tem rancor de mim porque meu depoimento o jogou na prisão. Ele treinou duro lá dentro, e agora está livre para me destruir como eu o destruí.

A boca de Kat repuxou numa linha de preocupação.

— E sua mãe? Você disse que ele a ameaçou. Ele não quis ir atrás dela?

— Não. Ela está na Flórida e muito bem protegida. — Havia atiçado Foster na prisão por mais de uma década. Sloane tinha alguns guardas de reserva por lá.

Kat reclinou-se na cadeira e olhou para o oceano.

— Você está planejando fazer isso no evento do *Profissionais Vs. Amadores*, da SLAM? — Seu tom de voz era resignado.

— Estou. O Foster foi escolhido como amador.

— Mas você anunciou que não ia lutar nessa noite. Então, o que ele acha que vai acontecer?

Sloane a observou. Odiava a distância que começava a aumentar entre eles. Esse era um dos pontos em que ele tinha mentido descaradamente, e isso só ia alargar ainda mais o fosso.

— Vou lutar. Vou pedir ao John para sair e vou entrar no lugar.

A súplica suavizou as feições de Kat.

— Você não tem que matá-lo. A Olivia está em segurança, você disse que ele não pode chegar até ela. — Apertou o braço dele. — Outra morte não vai trazer Sara de volta. A violência nem sempre é a resposta.

Seria tão fácil abandonar sua irmã, esquecê-la como todo mundo havia feito. Então ele seria exatamente como Olivia... isso não ia rolar. Não poderia viver consigo mesmo se escolhesse Kat em vez de Sara.

— É a única resposta que me resta.

— Não é. — Agarrada à mão dele, ela se sentou mais para frente. — Às vezes, você tem que deixar para lá.

Sloane estreitou o olhar para ela.

— Como sua família fez? — Uma raiva feia e abrasadora pelos pais dela quase o sufocou. — Devo me esforçar para me tornar como eles? Aqueles homens te bateram com um taco de beisebol, te deixaram aleijada, com dor e lutando contra os ataques de pânico. Mas sua família perfeitamente civilizada não levantou um maldito dedo para encontrar esses imbecis.

Kat puxou a mão num movimento brusco.

— O que eles deveriam fazer? Como encontrar e matar esses caras teria ajudado? Eu continuaria aleijada.

Raiva em estado puro explodiu dentro dele, mas Sloane se forçou a se acalmar. Inclinando-se para frente, ele encontrou os olhos dela.

— Pelo menos você saberia que eles se importavam. Saberia que alguém te amava o suficiente para fazer alguma coisa. Em vez disso, te enxotaram e acolheram seu ex, o filho da puta que te machucou, para começo de conversa. — Sloane balançou a cabeça. Era nisso que toda a história ia terminar. — Não sou como eles. Não deixo o que é meu se machucar sem fazer nada a respeito.

— Você não é um assassino.

A convicção desesperada que revestia as palavras dela o fez se levantar.

— Eu mato pelo que é meu. Todas as vezes, porra.

— Mesmo se você me perder?

Ele mal conseguiu ouvir o sussurro acima do barulho das ondas que subiam e desciam ao fundo. Seria melhor se não tivesse ouvido, mas Sloane lhe devia uma resposta.

— Sim.

Ela foi empalidecendo à medida que a tristeza tomava seus olhos e a cor da sua pele.

Incapaz de ficar assistindo ao que estava fazendo com ela, ele teve que colocar um ponto final ali.

— Vai pra casa. Sua família estava certa sobre uma coisa: não sou bom o suficiente para você. — Sloane se obrigou a não tocá-la. Nunca a tinha merecido. Afinal, chegaria um momento em que ela o deixaria, apesar de tudo. Todo mundo o deixava. Era melhor ir logo.

Kat se levantou, comprimindo a boca ao testar a perna direita. Ergueu o olhar para Sloane.

Ele cerrou os punhos para evitar arrastá-la para seus braços. Cada célula de seu corpo gritava para senti-la junto de si.

— Você não é diferente. Também está me enxotando. — Os impressionantes olhos azul-esverdeados fermentavam profunda tristeza.

Cristo. Sloane se esforçou para resistir ao desejo ardente de ir atrás dela.

— Kat. — O nome foi arrancado de dentro dele.

Ela parou, mas não se virou. Suas costas retas e ombros tensos diziam que ela estava esperando outro golpe verbal.

— Eu me preocupo o suficiente para garantir que Lee Foster nunca ponha as mãos em você. — Não podia deixá-la ir embora sem que soubesse disso. Ele a amava. Odiava a si mesmo, era verdade, mas a amava com cada respiração que tinha.

Kat ainda permaneceu ali por alguns segundos torturantes, apenas contraindo os dedos.

Ambos sabiam que o amor dele não mudava nada.

Ele era violento, capaz de matar e disposto a isso.

Kat era uma linda sobrevivente que conservava o coração gentil. Não podia viver com um homem que matava.

E ele não poderia viver consigo mesmo se deixasse Foster continuar respirando.

Era o fim.

E então ela saiu.

A Sloane não restava mais nada a não ser fazer aquilo pelo que havia passado a última década treinando.

Vingar-se e se certificar de que a mulher que ele amava permanecesse em segurança.

Capítulo 02

Kat deslizou a bandeja de *muffins* de abobrinha na vitrine da confeitaria e se virou.

Ana segurava uma caneca de café fumegante.

— Faça uma pausa, Kat.

— Estou bem, mas obrigada. — Precisava se manter em movimento. Tinha sido uma manhã de sexta-feira agitada que não lhe tinha dado tempo para se lamentar sobre a vida amorosa devastada.

Vai pra casa.

Seu estômago revirou com as palavras de Sloane da noite anterior. Ele não queria tentar encontrar um meio-termo ou uma maneira de manter o que tinham. Em vez disso, queria que ela fosse embora.

Ah, que se dane. Kat sobreviveria. Dali a algum tempo, conseguiria respirar sem agonia. Mas o que não podia suportar era o que ele ia fazer. Sloane não era um assassino. Kat precisava pensar em uma maneira de convencê-lo disso. Ele não a queria; bem, eram adultos e poderiam colocar isso de lado. Mas ela não abandonaria Sloane como amigo.

— Certo. Você está tão bem que está olhando para a parede com a caneca a meio caminho da boca.

Kat se recompôs e se virou para a funcionária.

— Desculpa, só estava pensando.

Ana colocou a mão no ombro de Kat.

— Quer falar sobre isso? Ou devo fazer biscoitos de chocolate com laxante e mandar entregar pro idiota?

Kat tentou forçar os lábios num sorriso. Não tinha dito nada à Ana, mas a menina tinha adivinhado que ela e Sloane tinham terminado.

— Acabou nosso laxante. — Sorvendo o café, ela esquadrinhou a loja. Ali havia alguns clientes relaxando e Whitney, sua guarda-costas.

— Mudando de assunto. — Para si mesma, Ana serviu um pouco de água quente sobre um saquinho de chá. — Vi um trecho não editado dos dois vídeos hoje de manhã. Aquela foto que você enviou é poderosa, mais o Kellen me enviou umas duas suas de durante a recuperação. Kat, prepare-se, você vai ser uma estrela. Tanto o trailer quanto a vídeo-biografia ficaram tão incríveis que estou surpresa pela tela do computador não rachar.

— Já? Enviei a imagem ontem. — Enquanto esperava que Sloane aparecesse na loja.

— Tudo o que faltava era colocar a foto, então sim, já. Vamos terminar a edição no fim de semana. — Ana apoiou o chá no balcão baixo e colocou a mão no braço de Kat. — Ficou muito bom, quer dizer, incrível. Você conseguiu ficar autêntica, muito real. As pessoas vão se identificar com você, e isso significa que vão se identificar com a Sugar Dancer.

O brilho no rosto de Ana era irresistível. Apesar da tristeza e da fadiga, uma faísca de emoção acendeu-se em Kat.

— Você vai me deixar enviar os vídeos para os programas de confeitaria. Vai ver só.

Ela abriu a boca para lembrar Ana de seus ataques de pânico quando a sineta na porta tocou, anunciando a chegada de um novo cliente. Kellen entrou com uma grande caixa de pizza.

— Olá, garotas. Trouxe o almoço. Pepperoni e azeitona.

— Você trouxe minha favorita? — Normalmente, Kat tinha de ganhar uma aposta para vencer na escolha da pizza com Kel.

— Isso. — Ele se dirigiu para a cozinha e deixou a caixa sobre a bancada de aço inoxidável.

O estômago de Kat roncou, lembrando-a de que ela não havia comido na noite anterior e nem naquele dia.

— Tinha acabado o presunto e o abacaxi?

Kellen parou ao lado dela, carregando alguns pratos de papel.

— Pergunta errada, Kit Kat.

— Qual é a certa?

Ele passou o braço em torno do seu ombro.

— Preciso sair do meu emprego novo? Porque não vou trabalhar para um homem que te tratou mal. Posso encontrar outro emprego.

Kat sentiu a garganta apertar. Acabava de confirmar a suspeita de que Kel tinha vindo só para ver como ela estava. Deus, como ela amava Kellen.

— Não, de jeito nenhum.

Kel estreitou os olhos.

— Não tenho certeza se acredito em você. O Diego e eu falamos sobre isso hoje de manhã. Não sei o que aconteceu, mas você ficou aborrecida depois que a mãe do Sloane entrou aqui. Eu deveria ter ficado escutando, caramba. Na única vez que eu não fico bisbilhotando, acontece algo ruim.

Ela o abraçou. Por mais que odiasse o que Sloane achava que tinha de fazer, Kat não o trairia e não contaria a Kel o que Olivia tinha dito. Além do mais, ainda esperava deter Sloane de alguma forma. Mas, naquele momento, precisava tranquilizar o amigo.

— Nada disso tem a ver com você ou com o seu trabalho. Não peça demissão. Estou falando sério. Você tem uma chance inigualável na SLAM Inc. — Por um breve segundo, Kat se perguntou se Sloane faria John despedir Kellen para cortar todos os laços. Mas ela sabia que não era assim, pois Sloane não funcionava dessa maneira. Recuperando o autocontrole, Kat pegou os pratos da mão de Kellen. — Foi apenas temporário, e agora acabou.

Após servir uma fatia de pizza no prato, ele disse:

— O que aconteceu entre você e o Sloane?

Afundando em uma banqueta, Kat olhou para o piso da confeitaria, e viu Ana atendendo um cliente.

— Acabei entrando no caminho de um dos objetivos dele. Agora estou fora. — A pizza estava com um cheiro ótimo, mas Kat havia perdido o apetite.

Kellen agarrou-lhe a mão.

— Isso é bobagem. Já vi a maneira como Sloane olha para você, e não é como um obstáculo. A questão é: você está mentindo para mim ou para si mesma?

Ela pegou uma azeitona de sua fatia.

— Doeu, ok? Ele me mandou embora. — Kat sentiu lágrimas queimarem nos olhos e piscou para se livrar delas. — Estou cansada demais de ser jogada pra escanteio.

— Então pare de ser um capacho. Seja aquela mulher que foi me buscar no hospital da última vez o Brian me espancou. Lembra dela?

Assustada, Kat olhou para cima.

— O que tinha de tão matador nela?

— Eu não queria que você me levasse para a casa dos meus pais. Fiquei tão envergonhado que não queria que eles soubessem. Mas você me falou umas poucas e boas, que ia me levar para casa, onde eu estaria seguro e com pessoas que me amavam.

— Eu estava certa. — Kel estava morrendo de medo que os pais pensassem pouco dele por ter apanhado. Em vez disso, eles o ajudaram a conseguir uma ordem de restrição judicial contra o ex agressor e deram apoio emocional ao filho. Também abraçaram Kat um milhão de vezes por tê-lo levado para casa. — Mas era diferente. Eu trabalhava quatro dias por semana aqui com os seus pais. Eu sabia o quanto eles te amavam. Você é o mundo deles.

— Você também ficou do meu lado quanto eu precisei de você. Talvez Sloane precise do seu apoio.

Exatamente o que ela estava pensando, mas seu medo de rejeição não parava de impedi-la de tomar uma atitude dessas. Era o que ela queria fazer? Voltar a ser a mulher passiva que se escondia na confeitaria para evitar a dor emocional?

Nem pensar. Preferia lutar pelo que ela e Sloane tinham juntos e arriscar a dor da rejeição a desistir sem tentar. Uma energia nervosa zunia em seus músculos à medida que uma ideia tomava forma.

— Era para eu ficar com o Drake esta noite. Os enfermeiros dele, Jane e Zack, se revezam durante o dia, mas vão para casa à noite. Sloane muitas vezes treina à noite, por isso, Sherry, John e eu nos revezamos. Vou ligar para o Drake e ver se ele não acha ruim.

— Bom, porque esse olhar de capacho é super "ano passado". Mas continue com as mechas, essas são demais.

Kat sorriu pela primeira vez desde que Olivia tinha entrado na loja. Sloane amava suas mechas cor de lavanda.

Mas será que amava Kat tanto quanto ela esperava?

Os números no laptop ficaram borrados. Kat piscou, esfregou os olhos e girou a cabeça para alongar os músculos do pescoço. Fazer a contabilidade da Sugar Dancer não era sua atividade favorita. Colocou o computador de lado, levantou-se e olhou para Drake.

— Vou buscar água, quer alguma coisa?

— Dois dedos de uísque?

— Água, então. — Ela entrou na cozinha de Sloane, pegou duas garrafas, voltou e as colocou no braço da poltrona reclinável. — Beba.

Ele tomou um gole e colocou a garrafa de lado.

— Você parece cansada. Chegou a dormir na noite passada?

A fadiga fazia a pele dela parecer pesada demais. Mas não era nada comparado ao que Drake suportava.

— Dormi algumas horas.

— Ele é um imbecil. Também já falei isso pra ele.

O estômago dela apertou.

— Ele não me quer aqui. — Então o que ela estava fazendo? Já passava das nove da noite, e Sloane estaria em casa a qualquer momento. Kat não tinha que estar mais ali.

Ethan poderia vir da casa de hóspedes para ficar com Drake. Mas Kat gostava de ficar com ele, mesmo que só assistissem a um filme enquanto ela continuava com a contabilidade.

— Ele quer você. — Drake colocou a mão na perna dela. — Não se atreva a deixar que ele te afaste.

A ansiedade a corroía. Sloane era inteligente e habilidoso. Como poderia arriscar perder tudo o que tinha construído, em nome da vingança?

— Ele não é um assassino. Por que ele não enxerga isso?

— Culpa minha. — A mão de Drake escorregou da perna dela, e ele deitou a cabeça para trás. — Na noite em que Sara foi assassinada, depois de todo o questionamento da polícia, o menino ficou vibrando com uma raiva feia e com a culpa. Eu o arrastei para a academia e o fiz extravasar aquela fúria. — Drake fechou os olhos como se tentando fugir da lembrança.

Kat pegou sua mão, segurando-a apertada na dela.

— Não precisa falar sobre isso. Não é culpa sua. — Como poderia ser? Não fazia sentido.

Quando ele levantou as pálpebras, sombras de arrependimento transformaram o azul num tom de fumaça.

— Ele era um menino em corpo de homem, com a capacidade de fazer algo que o deixaria arrependido para sempre. — A voz de Drake ficou mais grossa. — Eu estava tentando impedi-lo de fazer uma coisa idiota, como matar Foster antes do julgamento, ou encontrar uma forma de matá-lo assim que ele estivesse na prisão. — Seus dedos se mexiam na mão dela. — Em vez disso, acho que o destruí.

— Não. — Ela se inclinou para mais perto, precisando que ele a ouvisse. — Você não o destruiu. Você o salvou e ele te ama. — Tanto que Sloane tinha trazido Drake para sua casa e cuidava dele, embora partisse seu coração vê-lo definhar daquele jeito.

Drake suspirou.

— Quando Sloane estava exausto e caído no tatame, eu chegava na cara dele e dizia que, se ele pretendia se vingar, tinha que fazer do jeito certo, segurar as pontas e treinar. Eu estava tentando dar a ele uma razão para viver, para se focar e se manter longe de encrenca.

Kat sentiu as palavras bem no fundo do estômago. Drake tinha tentado dar um direcionamento a todo aquele talento cru, àquela raiva e àquele poder absoluto em um garoto de dezesseis anos que estava sofrendo e sentia uma raiva insana. Um garoto sem pai e com uma mãe horrível. Uma receita infalível para o desastre.

— Provavelmente ele estaria na prisão agora se não fosse por você. — Ou morto.

Ele virou a mão e apertou os dedos de Kat. Por um segundo, um eco de sua antiga força alimentou o vigor de seus dedos.

— Estou deixando-o aos poucos, Kat. Eu não quero. Eu amo esse menino, ele é tudo pra mim. Mas estou indo embora. Ele precisa de você. Ensinei-o a lutar e a sobreviver, mas você está ensinando-o a amar.

— Ah, Drake. — Um nó de emoção embargou a voz dela. Estava chorando? Não se importava. Ela o abraçou. — Você não entendeu; foi você quem ensinou Sloane a amar. Você o ensinou a ser forte e feroz, mas ainda assim ele é gentil comigo. Amoroso. — Ela pensou em todas as vezes que tinha dado risada com Sloane ou se desfeito nos braços dele. Tinha lhe dado a segurança de que ela precisava para começar a crescer, se curar e se permitir sentir as coisas novamente. E, Deus, agora ela estava sentindo. — Foi você quem mexeu com o coração de um menino perigoso e o transformou num homem digno. — Como ele poderia não saber disso?

Drake curvou seu braço fino ao redor dela.

— Agora ele é seu. Cuide dele.

Não era justo.

— Nós não podemos perdê-lo. — As palavras saíram num sussurro.

Drake olhou para ela.

— Me escuta. Sloane se recusou a acreditar no meu diagnóstico desde o início. Ele trouxe especialistas de todo o mundo até que eu finalmente disse que não havia mais nada a fazer. Ele agora está se defrontando com isso e precisa aceitar; você também.

Ela se lembrou da agonia árida nos olhos de Sloane quando ele disse que Drake o havia salvado e também a outros como ele, mas não existia uma droga de coisa que Sloane pudesse fazer agora para salvá-lo. Ela odiava o fato de que Drake estava certo. Precisavam lidar com a verdade. Depois de inspirar uma vez, ela enxugou os olhos.

— Você não está com raiva? — Porque ela estava. Teve raiva quando perdeu a avó para o câncer e estava com raiva agora.

— Por um tempo, eu fiquei. Mas Sloane estava presente, me ajudando a lutar. Só que o câncer está vencendo, e chega uma hora em que temos de aceitar. Eu quero me segurar aqui até Sloane entrar naquela gaiola com o Foster.

Ela balançou a cabeça para interrompê-lo.

— Não podemos deixar que ele faça isso.

A resignação se assentou nos ombros ossudos de Drake como um peso invisível.

— Isso já foi longe demais. Sloane precisa enfrentar o homem que matou a irmã dele. Esse momento o assombra. — Drake desviou o olhar para as janelas escuras que continham a noite do lado de fora. — Ele foi morar comigo depois disso.

Estava tendo pesadelos, ouvindo Sara gritar por ele e pedir ajuda. Sloane destruía o quarto, procurando por ela em sonho, tentando salvá-la.

— Ele era só um menino. — Ela esfregou o ponto no peito que doía como uma punhalada. — Um menino. Ele precisava de ajuda.

— Precisava. Olivia disse que tinha medo dele.

Uma raiva quente fez Kat se levantar com tudo. Ela girou.

— Essa cadela. Como diabos a mãe dele poderia achar que Sloane a machucaria? — Olivia também tinha feito acusações desvairadas na loja de Kat, culpando a todos, menos a si mesma. O coração de Kat sangrava por Sara e Sloane terem crescido com uma mãe assim. — Ele nunca faria mal a uma mulher. Nem mesmo a ela.

— Ela precisava que Sloane fosse o vilão. Olivia não aguenta viver com a verdade: a de que ela era uma merda de mãe que enxotou os filhos, por isso criou essas mentiras na cabeça. E Sloane não pode deixar que Olivia se machuque ou isso vai provar que ela estava certa. — Drake inclinou a cabeça para trás e olhou para o teto. — Eu consegui a tutela temporária de Sloane. Ele nunca teria falado com um terapeuta, por isso eu o dirigi para a luta. — Seu olhar se voltou para Kat. — Ele precisa entrar naquela gaiola e enfrentar seu demônio. Eu odeio tudo isso, mas entendo. Esperamos que ele seja o homem que eu acho que ele é. Melhor do que eu.

— Você? — Kat estava se esforçando muito para acompanhar. — Foi você quem começou o *De Lutadores a Mentores*. Todos aqueles garotos que você ajudou, ou que outros lutadores ajudaram... — Ela parou, confusa.

— Remissão. Estava tentando ajudar os rejeitados para que eles nunca cometessem o erro que eu cometi.

A boca de Kat ficou seca.

— O erro?

O olhar de Drake não vacilou.

— Eu matei um homem. Viver com isso é infinitamente mais difícil do que esse câncer.

JENNIFER LYON

Capítulo 03

Onde estava a pequena confeiteira? Sloane tinha visto o carro dela na garagem. Que diabos ela estava fazendo ali? Largando a bolsa de ginástica no chão, ele não a viu na sala íntima ou na cozinha.

Ai, merda, e se estivesse no quarto arrumando suas roupas que tinha ali? Sloane agarrou a beira da bancada. Tinha sido absurdamente difícil pedir para ela ir embora na noite anterior. Terminar era a coisa certa a fazer por Kat. Já a tinha machucado o suficiente.

Mas, e se ela não fosse embora? E se Kat fosse a única mulher que continuasse ali, mesmo quando as merdas ficavam sérias? Ela poderia estar esperando por ele.

E se ela estivesse na sua cama?

Será que faria isso? Cristo, se ele a encontrasse na cama, estaria perdido. Já era. Nunca teria força para resistir. Kat o atraía de tal maneira que ele se sentia tentado a abandonar a memória da irmã.

Como Olivia a abandonou? Você vai jogar fora a memória de Sara, como lixo?

Sloane respirou fundo. Não apenas ele devia isso a Sara, mas Kat estava em perigo. Aquele vídeo de Sloane a resgatando dos repórteres estava na internet. Da última vez que ele verificou, tinha mais de oitocentas mil visualizações. Praticamente tinha enviado um mapa para Foster com as instruções de como destruí-lo.

Ir atrás de Kat.

Cerrou os punhos. Não deixaria que isso acontecesse. Kat precisava manter a segurança e ficar longe dele, droga.

Uma voz suave penetrou seus pensamentos.

— Todos os sábados, ele comprava dois *brownies* de caramelo com chocolate: um para a amante e outro para a esposa. A esposa ficou desconfiada, descobriu onde era minha confeitaria, saiu de lá sorrateiramente e seguiu o cara até a casa da amante.

— Como você descobriu?

Kat riu, e o som foi como uma flecha direto no peito de Sloane.

— Ela me encomendou um bolo com o desenho de um burro que dizia: "Quero o divórcio, seu asno pulador de cerca", e mandou entregar no escritório dele.

A risada baixa de Drake invadiu Sloane em ondas agridoces. Quantos risos restavam a seu mentor antes que fossem silenciados para sempre?

— Dei pra ela meia dúzia de biscoitos com gotas de chocolate. Achei que ela estava farta de *brownies*.

— E de maridos que pulavam a cerca.

Kat riu.

— Espero que sim. De qualquer forma, esse foi o único bolo de divórcio que eu fiz até hoje.

Sloane mal conseguia respirar. O arrependimento e a perda espetavam sua profunda solidão. A camaradagem fácil entre Drake e Kat sugava a medula de seus ossos. As duas pessoas de quem ele mais gostava, praticamente mais do que tudo no mundo, haviam se tornado amigos bem depressa. Sem uma decisão consciente, ele caminhou pelo corredor e parou na porta de uma das duas suítes daquele lado da casa.

Drake estava de bruços, nu da cintura para cima, com um braço curvado ao redor da cabeça. Apenas ecos tênues dos músculos permaneciam ali onde, um dia, seu braço, ombro e costas foram puro músculo. Mas o que lhe deu um soco no peito foi Kat ajoelhada ao lado de Drake na cama ajustável, com as mãos lhe fazendo massagens suaves. A imagem era tão doce, tão terna e tão linda que o coração de Sloane pulou um batimento.

Kat estava na sua casa, cuidando do seu mentor, mesmo depois de Sloane a ter mandado embora na noite anterior.

Aquela mulher não podia ser real.

Avançando para o quarto, ele disse:

— Você não deveria estar de joelhos assim. — Circulou a cama, pegou Kat, ergueu-a do chão e a colocou na poltrona reclinável que havia no canto. Depois, agachado, ele colocou o pé dela sobre o colo, ergueu a perna da calça e começou a massagear, tentando aumentar o fluxo de sangue para reduzir o inchaço e evitar os espasmos que ela sentia de vez em quando.

— O que você está fazendo?

A voz chocada o fez erguer os olhos.

— Você já se apoiou sobre essa perna durante toda a porra do dia no trabalho. Seu joelho dói pra cacete a essa hora da noite, e você estava ajoelhada em cima dele. — Com delicadeza, Sloane trabalhou os músculos e os tendões, desejando que pudesse chegar a uma profundidade suficiente para reconstituir a articulação natural para que ela não tivesse que sofrer assim.

— Eu estava no colchão. — Ela espalmou sua bochecha. — Não estava achando ruim.

Sua carícia suave como um sussurro e suas palavras doces o torturavam. Não queria parar de tocá-la, ou de cuidar dela. Fazer isso por Kat o alimentava, provava que ele era mais do que um lutador, um bilionário e, em breve, um assassino. Ela o fazia querer ser muito mais do que apenas vingativo.

— Gatinha, você está me matando. — Se ao menos pudesse acreditar que ela estava usando Drake... mas não estava. O tipo de vínculo que tinham não podia ser falsificado, nem Drake era facilmente enganado.

Ela se inclinou para frente com as duas mãos segurando o rosto dele.

— Não consigo deixar de me preocupar com você ou com o Drake. Não sou assim. Mas se o fato de eu estar aqui te incomoda, eu te aviso por mensagem quando for minha noite de ficar com o Drake. Tudo o que você tem de fazer é me mandar mensagem quando sair da academia ou de onde você estiver, e assim eu já vou ter ido embora quando você chegar em casa. — Ela baixou as mãos, afastou a perna do colo dele e se levantou.

Seria muito simples. Poderia tratar Kat como os pais dela a tratavam, tirando-a da vista e da cabeça. O corpo de Sloane vibrou numa reação furiosa.

Kat ajudou Drake a vestir a camisa e a se acomodar, recostando-se nos travesseiros. Ela o beijou na bochecha.

— Vou te ligar amanhã para saber como você está. Vá dormir um pouco. — Kat olhou de volta para Sloane, e seus incríveis olhos azul-esverdeados eram poços infinitos de dor. Um segundo depois, ela afastou o olhar e saiu.

Os músculos dele se contraíram e estalaram. Seu coração batia forte e um zumbido vibrava em seus tímpanos. Suas mãos ardiam de vontade de abraçá-la, seu corpo gritava para embalá-la contra si; até mesmo seu pau pulsava. Sloane havia treinado o corpo até se transformar em uma máquina letal e ferozmente controlada, mas bastava um olhar de Kat — um único olhar — e ela estraçalhava seu controle em pedaços e o dominava por completo.

Ele voltou seu olhar para Drake.

— Vá.

O controle se rompeu, e Sloane foi atrás dela.

Encontrou-a com a mão na maçaneta da porta da frente. Ele bateu as mãos espalmadas na porta, prendendo-a entre seus bíceps.

— Não vá embora. Pelo amor de Deus, não vá. — Ele cobriu as mãos dela com a sua, pressionando-lhe a frente de seu corpo nas costas, desejando aquela sensação, o aroma doce e quente que irradiava até ele.

— Foi você quem me disse para ir. Eu queria ficar e lutar por você e por nós. — Sua voz baixou e se tornou um sussurro. — Você só queria que eu fosse.

Ele fechou os olhos, absorvendo o golpe. Tinha deixado Kat magoada e mesmo assim ela estava de volta. Mesmo agora, ele a segurava colada na porta e ela se permitia ser tocada. Sloane ergueu os braços dela e se encaixou em suas costas, abraçando-a junto de seu corpo.

— Eu nunca me senti assim, linda. Nunca gostei tanto de alguém nem nunca quis alguém assim. — Enterrando o rosto em seu cabelo macio, ele disse: — Não sei fazer isso. Tenho que terminar o trabalho com o Foster, mas não quero perder você.

Ela se recostou nele.

— Eu também não sei, mas pensei que estarmos apaixonados significava que iríamos descobrir como passar por isso juntos.

As palavras o surpreenderam da mesma forma com que Kat entregava a ele seu corpo, sabendo que ele a seguraria. Sua confeiteira confiou no cara errado e acabou sofrendo gravemente. Mas ela confiava nele a cada maldita vez. Uma sensação muito intensa queimava dentro dele. Virando-a nos braços, Sloane baixou os olhos e sentiu a mesma pancada que sempre sentia quando seus olhares se encontravam.

— Fodi com tudo, e você não foi embora. — Ele ainda não podia acreditar.

Os olhos dela brilhavam com a verdade vulnerável.

— Vou continuar aqui, a menos que você não me queira mais.

Sloane perdeu o fôlego. Ela estava com medo, mas tinha arriscado a rejeição, o sofrimento e a humilhação para dar apoio e para amá-lo. Ele havia enfrentado os oponentes mais ferozes na gaiola e nas salas de reuniões, mas ninguém jamais o fez sentir aquela descarga louca de adrenalina, de medo e de posse profunda e quente que só Kat provocava. Ela era tudo para ele.

Com um braço em volta da cintura dela, ele apoiou-lhe o rosto na palma da mão.

— Quero você demais. — Ele estava se transformando na mãe? Indo em busca de um maldito sonho e, bem quando achava que o tinha alcançado, o sonho se quebrava e destruía tudo em seu rastro? Mas não podia deixá-la partir.

— Gatinha. — A palavra se derramou para fora dele quando sua boca encontrou a dela, desesperada para sentir o gosto da mulher que lhe tinha dado tanta coisa. Sloane não sabia se o amor que sentia por ela poderia sobreviver ao que tinha de fazer.

Ele só sabia que não poderia deixá-la ir embora.

Kat se abriu para recebê-lo, seu gosto morno e adocicado

acendendo uma faísca dolorosa que o fazia desejar mais. Sloane lhe acariciou a mandíbula e passou a língua na dela. Sua frequência cardíaca se elevou em resposta ao sabor e ao aroma. Precisava de mais, precisava lhe dar mais. Quebrando o beijo, ele a tomou nos braços e subiu as escadas.

— Vou te mostrar o quanto eu te quero.

O rosto dela corou, e sua respiração prendeu na garganta.

Sloane os fechou dentro do quarto e virou Kat para que se olhassem nos olhos, com as pernas enlaçadas na cintura dele. O luar que fluía pelas portas francesas banhava o corpo dela.

— Tão maravilhosa. — Uma necessidade febril disparou diretamente para seu pau; era um instinto agudo e primitivo de possuí-la. Apoiou-a contra a parede e roçou a boca em seus lábios.

Ela amoleceu e cedeu, inclinando-se para lhe dar acesso.

Sloane tomou-a, deslizando a boca ao longo de sua mandíbula, parando a cada centímetro para lamber e sentir o gosto. O sabor de sua pele acetinada o provocava cada vez mais até que ele subiu e colou a boca sobre aquele ponto delicado onde o sangue pulsava na garganta dela, e sugou.

Kat apertou as coxas em torno de seus quadris, e um gemido sussurrante vibrou de seus lábios.

— Não para. — Ela se retorceu, esfregando-se nele.

O pulso acelerou sob a língua de Sloane, deixando-o louco. Afastando a cabeça para trás, ele colocou o polegar sobre a mancha vermelha na garganta dela. Merda. Agressivo demais, porra.

— Deixei marca. — Queria amá-la, não machucá-la.

— Eu quero sua marca em mim. Quero vê-la e saber que você me quer tanto assim.

Ele levantou a cabeça. A vulnerabilidade e o desejo nadaram pelos olhos dele e a possessividade foi como um soco.

— Quer ser marcada por mim, linda? Quer saber o quanto estou ardendo por você a cada maldito segundo?

Ela afundou os dentes brancos no lábio inferior e soltou.

— Quero.

— Vamos começar aqui. — Ele mergulhou, capturando aquele lábio exuberante e delineando-o em lambidas lentas.

Kat enterrou os dedos em seus bíceps.

Sloane sugou os lábios dela na boca, dentes raspando sobre a carne tenra, e, em seguida, traçou as marquinhas com a língua até Kat gemer e se contorcer. Ele virou a cabeça o suficiente para mergulhar em sua boca quente. Que gosto maravilhoso. Ele apertou as mãos em torno das coxas dela, segurando-a onde ele a queria. Através da calça jeans, o calor do sexo dela envolvia seu pau inchado. Não era suficiente.

Com Kat, nunca era suficiente. Ela queria sua marca? Pois lhe daria.

Separando o beijo, ele a olhou dentro dos olhos com pálpebras pesadas.

— Eu vou te beijar e marcar seus mamilos, descer para sua barriga, depois vou abrir suas coxas e beijar sua boceta de um jeito lento e penetrante. Não vou parar, não importa quantas vezes você goze, ou quantas vezes você grite, até eu ter o seu gosto memorizado e ter certeza de que você está marcada pela sensação da minha boca. — Ele sugou o ar nos pulmões. — Aí, eu vou colocar meu pau exatamente onde é o lugar dele: enterrado dentro de você. Tão fundo que você vai saber que é minha.

Um calor forte explodiu na pele de Kat. A intensidade de Sloane fez sua pulsação dar um salto e a fez arder de desejo. Deixando-o segurá-la, ela tirou os sapatos, puxou a blusa e o sutiã. Depois lhe emoldurou o rosto.

— Sou sua. Não vou a lugar nenhum. — Teve tanto medo que ele a tivesse rejeitado. Rejeitado porque não a queria o suficiente para resolver problemas em conjunto. Os traços cor de âmbar nos olhos dele estavam incandescentes. Sloane apoiou a mão nas costas dela e passou a língua áspera sobre seu mamilo.

Ela prendeu a respiração em resposta ao atrito molhado.

Sloane agarrou, puxou forte, e cada puxão era um disparo até seu núcleo. Mudando os lados, ele esbanjou a tortura sensual no outro mamilo, aquecendo-a a ponto de uma necessidade líquida. Os cabelos grossos de Sloane estavam espalhados sobre seus dedos, que o agarravam. Kat sentia-se indefesa a tudo que não fossem sensações. Sloane pressionou nela o membro através das roupas. Kat sentiu o clitóris inchar, e cada toque a fazia gemer.

Ele pegou-lhe o mamilo entre os dentes e deu uma mordidinha.

Aquele pequeno traço de dor expulsou tudo, menos a necessidade incandescente que a atingiu entre as pernas. Ela apertou as coxas em torno dele.

— Sloane.

Kat ergueu a cabeça, revelando a fome em seus olhos.

— Ainda não. Me beija. — Ele tomou sua boca como se estivesse faminto por ela.

A pressão firme e exigente dos lábios dele acendeu a avidez selvagem de Kat por sentir o gosto, o desejo de possuí-lo por completo. Ela virou um pouquinho a cabeça e se abriu para acolher a investida.

Ele enfiou a língua e começou a deslizá-la junto da dela, num movimento incendiário. O sabor a inundou. Como chocolate pecaminoso, o sabor provocava o desejo por ele. A camiseta de Sloane roçava sobre seus mamilos sensíveis. O tecido tão macio não era o que ela queria que estivesse acariciando seu corpo. Agarrou-lhe a camiseta e a levantou.

Sloane colocou Kat sobre os próprios pés e tirou a camiseta e o calção. Kat tirou o jeans e a calcinha. Quando se levantou... Uau. Os olhos de Sloane brilhavam no rosto anguloso e lindo. A forte coluna de sua garganta se abria e se dividia nos ombros e braços enormes. Seu peito ondulava até o abdome insanamente definido, e os pelos pubianos escuros emolduravam o pênis duro e grosso. Diante de seus olhos, uma gota de fluido se formou na ponta.

Ele foi andando em direção a ela, o calor emanando de seus poros.

Kat olhou para cima e, de repente, se sentiu insegura. Ele a queria fisicamente, mas era só a química sexual e nada mais? Ele a havia rejeitado assim que ela se colocou em seu caminho.

— Sloane?

— Na cama, gata. — Ele a apoiou e se ergueu sobre ela. — O sexo nunca foi assim para mim. Até conhecer você.

Uma fome se pronunciou dolosamente no peito dela, um anseio tão grande e amplo, que Kat agarrou o edredom para não cair. O desespero de ser mais do que o conjunto certo de partes corporais, no momento certo, enterrou-se profundamente em seu coração.

— O quê?

Ele aconchegou seu rosto na palma, os olhos derretendo-se nos dela com sinceridade nua e crua.

— É só assim que consigo te mostrar como eu me sinto.

Antes de você, o sexo era apenas uma libertação. Agora... é como eu te amo. Não seguramos nada. Levanta os joelhos em torno de mim e afasta as pernas. Me mostra o que você não vai compartilhar com mais ninguém.

Deus, o que Sloane fazia com ela! Kat absorveu as palavras, deixando que a acalmassem, que a enchessem do anseio de ser amada. Sloane fixou o olhar nela enquanto seu corpo se afogava em calor e em emoções voláteis. Sloane só tivera toque e conforto durante o sexo. Era só o que ele conhecia, e era assim que estava lhe oferecendo seu amor. Kat ergueu as pernas pelas laterais do corpo dele e deixou os joelhos caírem afastados. Segurando o rosto dele nas mãos, ela disse:

— Só para você.

Os olhos se acenderam e as pupilas se dilataram. Com graça fácil, ele deslizou sobre o corpo dela, gastando alguns instantes para lambê-la entre as costelas, salpicando mordidinhas por sua barriga até Kat estremecer com a necessidade. Finalmente, ele se acomodou no chão entre as coxas abertas. Colocou as mãos enormes debaixo de seu traseiro, inclinando-se para frente e arrastando a língua pelas dobras, circulando o clitóris. Em seguida, ele se agarrou ao pequeno botão, acariciando e chupando.

Faíscas quentes a queimaram. A tensão foi aumentando, puxando com tanta força que ela gritou.

Sloane se mexeu, e enfiou dois dedos dentro dela. Toda aquela sensação foi aumentando a dor feroz. Ela se moveu ao redor dele, ondulando os quadris, muito apertado, muito rápido. Como um balão cheio demais, ela iria explodir.

Ele enfiou mais os dedos, atingindo o ponto de puro prazer ao sugar seu clitóris. A sensação foi de uma espiral ascendente em velocidade vertiginosa. Kat mal aguentava; estava no ápice, mas sem a libertação. Ele trouxe o polegar entre suas nádegas e o pressionou sobre uma zona erógena que para ela era desconhecida. Um novo conjunto de nervos incendiou-se com perversidade. Seu ventre teve um espasmo e o orgasmo explodiu.

— Sloane! — Ela ouviu o grito, mas não se importava. As ondas de prazer ondulante a dominaram.

Sloane se levantou e ficou pairando acima dela.

— Eu tenho seu gosto. É meu. Você é minha. — Ele mergulhou dentro dela, duro e fundo. Abaixando o peito de encontro ao dela, ele tomou sua boca, enchendo-a com seus sabores misturados. Apoiado sobre um cotovelo, ele levantou os quadris e entrou em Kat ao máximo, tanto que ela perdeu o fôlego.

Afastando-se do beijo selvagem, ele respirou fundo.

— Me suga. Inteiro. — Fixou os olhos nos dela, penetrando fundo. Atingindo um lugar que era dele, só dele.

Ela o agarrou pelos ombros, sentindo os músculos definidos cobertos por uma pele quente e lambida de suor.

— Me dá tudo.

O rosto dele foi ficando austero; os olhos quentes, o maxilar tenso, os músculos em seu pescoço se destacando conforme ele bombeava dentro dela. Sloane deu tudo o que tinha, preenchendo-a, levando-a a alturas de necessidade que ela não conseguia expressar e não podia controlar. Kat se contorceu até que o ombro poderoso de Sloane, liso de suor, flexionasse sobre sua boca.

A necessidade insana de marcar sua pele como ele tinha feito na dela assumiu o comando. Kat se virou e deslizou a boca e os dentes ao longo dos bíceps protuberantes. Apesar de um sussurro tênue lhe dizer para não fazer isso, ela mordeu aquele músculo febril.

O gosto se transformou numa invasão de calor no momento em que o pau encontrou seu lugar profundamente dentro dela. Alguma parte mínima de Kat tentou emergir com indignação por seus atos: *ela o estava mordendo.*

— Caralho, gata. Mais forte.

O braço dele inchou quando ela apertou mais e cravou os dedos no quadril dele. Faixas de prazer se retorceram e apertaram. Ela arqueou o corpo enquanto ele fodia. Tão perto, tão...

— Mais. — Ele se apoiou num braço só, segurando a nuca dela e trazendo-a para seu ombro. — Quero sua marca.

A ordem erótica arrancou qualquer resquício de resistência, e ela mordeu firme. O rugido feroz da aprovação de Sloane a incendiou e desencadeou um orgasmo fulminante. O prazer feroz forçou-a a tirar a boca do ombro dele para conseguir respirar. Sloane bombeou e teve um espasmo duro, jogando-a na cama ao se libertar dentro dela, marcando-a tão completamente com seu sexo quanto ela o havia marcado com os dentes.

Minutos mais tarde, ao receber o beijo carinhoso de Sloane, Kat estava líquida na cama.

— Você me marcou. — Ele olhou para o ombro.

As marcas leves dos dentes maculavam a pele. Ela havia perdido o controle, talvez o machucado. Um fio de vergonha a incomodava.

— Não tive a intenção.

Os olhos de Sloane penetraram os dela.

— Seus lábios e seus dentes me deram muito tesão. — O pênis ainda pulsava dentro dela, provando que ele estava sendo sincero. — Eu queria a sua marca, eu te disse para morder forte. Quando seus dentes cravaram no meu ombro, eu te joguei do outro lado da cama. Gozei tão forte que pensei que ia morrer com a força do prazer. — Ele entrelaçou os dedos com os dela. — Você me marcou, linda. Eu sou seu.

Um calor inundou-a, afogando a lasca de preocupação pelo futuro. Tinham o agora, e que era muito, muito especial. Kat traçou a cicatriz curva no canto da boca dele e depois a outra perto do olho.

— Eu...

As palavras de Kat foram interrompidas pelo toque do celular. Mudando de assunto, ela disse:

— Esse é o toque do Marshall. — Por que seu irmão estava ligando?

Sloane tirou o membro, inclinou-se sobre a borda da cama para pegar a calça dela e entregou-lhe o celular.

Kat o pegou, apoiou-se na cabeceira da cama e atendeu:

— Oi, Marshall.

— Oi, Katie, desculpa a hora. Foi a primeira oportunidade que tive de te ligar. Conversei com o David sobre a foto.

A foto. Com tudo o que tinha acontecido, ela havia esquecido desse detalhe. Sua boca secou.

— O que ele disse?

— Que não reconhece o cara que estava no seu quarto do hospital, e que provavelmente o sujeito entrou no quarto errado.

— Ele está mentindo. — Kat puxou a perna boa para junto do peito.

Sloane colocou o braço em torno dela e a puxou para seu lado.

— O que está acontecendo?

— É o Sloane?

— É. Espera um pouco, Marshall. — Assim que ele

concordou, ela afastou o telefone da orelha, tirou o som e encontrou o olhar de Sloane. Tanta coisa tinha acontecido nos últimos dois dias... Mas será que ele queria ser atraído para aquilo de novo?

— A gente resolve as coisas juntos. Não foi isso que você me disse?

Ele a ouvia quando ela falava. Mais tranquila, ela assentiu.

— Vi minhas fotos do hospital que estavam no pen drive que meu pai me deu.

— Você descobriu alguma coisa. — Os riscos cor de âmbar nos olhos castanho-claros ficaram mais duros.

A preocupação serpenteou pela espinha de Kat. O que ele faria? Sloane era extremamente protetor.

— Descobri. Em uma das fotos, eu estava na cama do hospital olhando para a porta. Um homem estava lá. — Suas mãos ficaram úmidas, e ela as enxugou no lençol. — Eu o reconheci. Ele era o homem que disse "Consequências, Dr. Burke", quando eu fui atacada.

Os músculos endureceram no peito dele e no braço que a rodeava nos ombros.

— Por que diabos você não me contou?

— Sua mãe apareceu bem na hora em que eu descobri. Acabei me distraindo. — Um coração partido era uma distração e tanto. Kat não queria entrar na parte em que, enquanto estava esperando ansiosamente que Sloane fosse falar com ela, manteve-se ocupada enviando a foto a Marshall para perguntar sobre David.

Ele respirou fundo.

— Coloca o Marshall no viva-voz.

Kat ligou o som do telefone.

— Está me ouvindo?

— Estou. Mostrei a foto à Amelia.

— Amelia. — Sloane esfregou os dedos no braço nu de Kat. — É aquela amiga que trabalhava com você na SiriX? — Ele se lembrava. Tinha sido no primeiro evento a que eles foram como "acompanhantes"; basicamente um desastre colossal.

— É ela. Nós duas fazíamos parte da equipe do David, e ela ainda faz. — Agitação e ansiedade lhe deram um nó no estômago. Para Marshall, Kat perguntou: — Ela o reconheceu? Sabe quem ele é?

— Ela não sabe quem é, mas já o viu.

Kat esfregou o polegar em cima do pé, sentindo uma esperança desesperada brotar dentro do peito. Será que, enfim, teria respostas?

— Com o David?

— Já se passaram seis anos, mas ela tem certeza de que viu o David e esse cara discutindo no estacionamento do hospital. Ela se lembra de ser a manhã seguinte ao ataque, porque estava a caminho do hospital pra te visitar. O momento se encaixa. Na foto, sua perna ainda estava na tração. Você não fez a cirurgia até a manhã seguinte.

Um alívio fluiu através dela.

— Eu também o vi discutindo com o David. Foi uma semana ou duas antes do assalto ou ataque, ou seja lá que droga foi aquela. — O que realmente tinha acontecido naquela noite?

— Estou tentando descobrir mais coisas — acrescentou Marshall. — Estou te dizendo para você ficar ligada e tomar cuidado. Fique longe do David.

Ela revirou os olhos.

— *Hello?* Faz cinco anos que esse é o meu objetivo. Não fui eu que o escolhi como padrinho de casamento.

— Você era noiva dele, menina do telhado de vidro.

— Não, essa era a velha Katie.

— Era? E a Katie nova vai fazer o quê?

— Chutar a bunda dele e fazê-lo dizer a verdade. A gente conversa depois. — Ela desligou antes que Marshall repetisse o sermão sobre ficar longe do David. Esse era seu plano, mas David tinha uma certa forma de se mostrar e acender o estopim do seu pânico.

Isso não ia acontecer de novo.

Capítulo 04

Sloane se serviu de um pouco de café recém-passado e voltou para a cozinha da confeitaria. Ainda faltava uma hora para a Sugar Dancer abrir. Kat estava com o iPod ligado, sacudindo os quadris naquele jeans apertado, enrolando e cortando massa.

Estava tão sexy que Sloane sentiu o pau crescer, mas o ignorou. Kat estava trabalhando. Em vez disso, colocou a caneca de café ao alcance dela e se acomodou na frente do laptop, na ponta da bancada de trabalho.

Assim que Kat colocou as massas no forno, ele disse suavemente:

— Pegue o pen drive e venha aqui.

Ela lavou as mãos e pegou o apetrecho de cima da pequena escrivaninha encostada na parede.

— A foto é forte.

— Você disse isso ontem à noite. — Ela não quis mostrar antes. Ele a puxou entre as pernas e observou seus olhos. Fazendo carinho com os polegares sobre os quadris, ele tentou compreender sua hesitação. — Eu só perco o controle de mim mesmo quando te vejo nua.

Os olhos dela se agitaram.

— Eu só...

— Você está preocupada que eu vá sair do sério e correr atrás do David ou do cara na foto?

— Um pouco, mas é mais do que isso.

— Tudo bem, então me fala. — Sloane quase podia senti-la lutando consigo mesma. Ele deixou passar na noite anterior, porque os olhos dela mostravam fadiga. Não precisava ser um gênio para saber que ele a havia feito sofrer o suficiente para perder o sono. Mas agora precisavam enfrentar o que a estava incomodando porque Sloane ia ver a foto de qualquer jeito. Não poderia protegê-la se não conhecesse a ameaça.

— Quando cheguei à sua casa depois da visita da sua mãe, você estava no estúdio fazendo os movimentos de Tae Kwon Do. — Os olhos dela reluziram azuis. — Você estava incrível, tão lindo. Nunca te vi daquele jeito.

Ele franziu a testa, tentando acompanhar a argumentação. Kat sabia que ele treinava artes marciais, então por que vê-lo tinha chamado a atenção?

— Lindo? — Uma escolha estranha de palavra.

— Poderoso, surpreendente. — Ela retorceu as mãos. — Nunca te vi com força total. Você está tão longe do meu alcance que eu não sei por que você concordou em me treinar.

Merda. Agora ele entendia. Kat achava que a foto que a mostrava tão ferida fosse mudar o que ele pensava dela. Pegando-lhe as mãos, ele juntou os dedos e disse a verdade:

— É assim que eu me sinto quando vejo você fazendo os movimentos de ioga. Você coloca os fones de ouvido e se deixa levar para a zona onde só existem você e seu corpo trabalhando com a música. Toda vez que você se equilibra numa perna, meu coração se aperta. Tenho medo por você. É uma batalha cada vez que tenho de me conter para não te ajudar. Mas, ao mesmo tempo, fico encantado com a sua coragem tão teimosa.

Você não deixa a perna te derrotar. Eu já vi lutadores durões derrotados pelas lesões, mas não você.

Os dedos de Kat se apertaram ao redor dos dele, e o pulso em sua garganta vibrou.

— Isso é o que você vê?

— Você é uma sobrevivente. Minha linda sobrevivente. Uma foto não vai mudar isso.

Um rubor expulsou a tensão em seu rosto. Ela se inclinou e o beijou.

Sloane inalou seu aroma doce e cálido. Nossa, ele nunca se cansava dela. Quando Kat quebrou o beijo, ele lhe disse a verdade:

— Você já me viu e me sentiu com força total quando estou te penetrando fundo. Eu não me seguro quando estamos juntos. Não conseguiria nem se eu quisesse. — Com ela, seus planos iam por água abaixo, toda maldita vez.

Kat balançou a cabeça.

— Você está me fazendo te amar demais.

— Estou na mesma, confeiteira. Agora me mostra a foto antes que eu decida violar toda a regulamentação da vigilância sanitária e te foder aqui em cima dessa mesa. — Ele bateu a palma no tampo de aço inoxidável. — Parece firme o suficiente para aguentar toda a nossa força.

Kat estremeceu e se virou nos braços dele para descarregar o pen drive no laptop.

— Não quer descobrir se eu estava blefando? — Sloane falou pertinho de seu ouvido.

Ela olhou para trás.

— Minha funcionária e minha segurança vão chegar aqui logo, logo.

— E daí? Você poderia jogar uns *muffins* pela porta e pedir para elas esperarem.

Kat revirou os olhos, virou-se e clicou no título do arquivo. A imagem se materializou na tela.

Os pulmões de Sloane pararam.

— Jesus Cristo. — Ele pensou que estava pronto. Pensou que poderia lidar com isso.

Maior engano, impossível.

Kat jazia na cama do hospital, com o rosto inchado e ferido, em tons vívidos de azul e roxo. Sangue seco emaranhava seu cabelo. O braço estava engessado; a perna, suspensa em tração. Sloane sentiu a raiva lhe revirar as entranhas como um incêndio descontrolado. Seu sangue começou a bombear violentamente.

O que tinham feito a ela? Com um bastão...

Ela apertou os dedos sobre a mão que Sloane tinha apoiado em seu quadril.

— Concentre-se no homem parado ao lado da porta.

Sloane forçou as mãos a relaxarem para não a machucar, enquanto analisava o homem. Altura mediana, músculos definidos. Na foto, parecia ter uns trinta anos e isso já fazia seis. Vestindo jeans e camiseta, estava parado na porta, fitando Kat com olhos duros. Nenhuma compaixão suavizava sua expressão.

— Você o conhece?

— Não. — Sloane soltou a respiração que estava presa, passou o braço ao redor de Kat e salvou a foto no disco rígido. — Mas vou descobrir quem é.

— Como?

Ele olhou para ela.

— Tenho investigadores de plantão. Eles fazem a pesquisa da ficha dos meus funcionários, clientes, inimigos. Vou cortar a imagem para você não aparecer nela, enviar para eles e ver o que aparece. Não vou envolver seu nome.

— Acho que poderia funcionar.

— Confie em mim. — Ele fechou o arquivo no qual trabalharia mais tarde, e tentou equilibrar a respiração, tentando protegê-la da fúria que fermentava no seu peito e no seu estômago.

— A sua cicatriz está branca.

Merda.

— Não sei por que me incomodo tentando esconder meus sentimentos de você. — Kat o enxergava, o conhecia. Poucos já tinham penetrado sua expressão enigmática, mas ela conseguia. *Porque Kat se importava o suficiente para enxergar mais fundo.* Esse pensamento acendeu um terror profundo em que ele não queria pensar. Podia chegar um dia que ela visse coisas demais nele e, como sua mãe, poderia passar a odiá-lo ou a temê-lo. Mas Kat não era sua mãe. Ela nunca abandonaria um filho. Nem sequer havia abandonado Drake; tinha até arriscado ser rejeitada e humilhada por Sloane por ter aparecido na casa para ficar com Drake.

Suspirando, ele passou os braços em volta dela e a puxou contra seu peito.

— Isso ajuda. Sentir você quente e em segurança. — Ela era sua. Ninguém ia machucá-la novamente.

Não aquele idiota na foto, não o David Otário e não o Foster.

A porta dianteira da confeitaria se abriu. Sloane afastou Kat para o lado e se levantou num salto.

— Bom dia!

— É a Ana. — Kat ergueu as sobrancelhas, achando graça, e disse, elevando a voz: — Na cozinha.

— Você tem jornalistas do lado de fora e... Sloane do lado de dentro. — Ana ergueu o computador apertado entre as mãos. — E eu aqui trabalhando a maior parte da noite e chegando cedo para te animar.

Sloane franziu a testa e captou a ideia de *paparazzi* incomodando Kat.

— Não havia nenhum jornalista quando chegamos aqui.

— Eles estão acabando de chegar. Do *Afterburn*.

Raiva gélida congelou nas veias dele. Odiava esse programa.

— Aquele vídeo seu resgatando a Kat dos repórteres tem mais de oitocentas mil visualizações. Eles querem mais.

Kat colocou a mão no braço dela. — Não dê isso a eles, Sloane. Ignore. — E mudando para Ana, ela perguntou: — Como você sabe quantos acessos o vídeo teve?

— Andei fazendo pesquisa para o projeto que... — deu um enorme sorriso — ... ficou pronto.

Os dedos de Kat se enterraram no braço de Sloane.

— Jura? Posso ver?

— Agora mesmo. — Ana colocou o computador sobre a mesa.

Sloane ficou atrás de Kat quando ela se sentou numa banqueta ao lado de Ana. Podia sentir a tensão e a emoção a consumindo nos ombros e nas costas.

— Coloquei o vídeo mais longo da biografia para passar primeiro. — Ana olhou para Kat. — Jure que você não vai me beijar ou prometer dar meu nome pro seu primogênito depois de ver isso aqui, porque seria meio constrangedor. — Seus olhos brilhavam por trás dos óculos. — Ainda mais se o primogênito for um menino.

— Concordo, mas me reservo o direito de pôr o seu nome em qualquer réptil que eu vier a ter.

— Você vai cantar uma música diferente quando vir isso.

Kat arqueou uma sobrancelha.

— É pra hoje? Ou pro ano que vem?

Ana deu pulinhos sentada no banco.

— Você tem sorte por eu estar tão animada ou eu ia te fazer esperar. — Ela apertou o *play*.

O divertimento de Sloane com a brincadeira das meninas foi transformado em total foco na tela. Música fluía suavemente quando Kat entrou em cena, sentada em uma das mesas na frente da confeitaria.

"Tem gente que pensa que a melhor parte de mim morreu na noite em que bandidos esmagaram meus ossos com um taco de beisebol."

Ele ficou vidrado. Kat usava o avental da Sugar Dancer sobre calças pretas e uma camisa. A iluminação pegava as listras cor-de-rosa em seu cabelo castanho. Sloane adorava essa assinatura de rebeldia que havia nela, mas foram os olhos, fixos na câmera com uma autenticidade surpreendente, o que o fizeram prender a respiração à espera do que viria em seguida.

Depois de um único batimento cardíaco, a Kat do vídeo se levantou e caminhou com o leve, mas distinto, coxear em direção às vitrines que exibiam uma variedade de bolos, *cupcakes*, *muffins* e biscoitos. Ela se virou para a câmera: uma mulher imperfeita emoldurada por todas aquelas criações perfeitas e doces.

"Mas acho que a melhor parte de mim acordou no hospital e percebeu que esta é a minha vida. A única que eu tenho. E vou viver do meu jeito."

Uma ligeira pausa, como a música aumentando no fundo, e a câmera fechou em seu rosto. "Meu nome é Kat Thayne. Esta é a minha história: sobre como eu reconstruí minha vida despedaçada e criei a Confeitaria Sugar Dancer."

Sloane permaneceu paralisado, vendo os quadros mudarem, mostrando Kat no hospital. Ele estremeceu com a imagem breve, mas eficaz; a mesma que tinha visto apenas alguns minutos mais cedo. Passaram mais duas fotos rápidas de Kat se esforçando para andar com muletas, e depois com uma bengala, uma prova clara de seu progresso. O resto das fotos ou vídeos era de Kat com suas sobremesas e seus clientes, tudo cheio de sorrisos. Naquelas cenas brilhavam sua paixão e sua alegria.

No final do vídeo, Kat retomou:

"A dança era a paixão da minha avó. Ela me ensinou a dançar desde que eu comecei a andar. Enquanto estava no hospital, eu me lembro dela segurando a minha mão e sussurrando de novo e de novo: 'Você vai dançar outra vez, Katie. Você vai sentir a música'."

O sorriso de Kat se transformou em algo tão poderoso, tão comovente, que Sloane ficou sem fôlego.

"Ela estava certa. Todos os dias aqui na Sugar Dancer, eu sinto a música e faço o que eu amo: preparar criações especiais para compartilhar com as pessoas que comemoram seus melhores momentos: casamentos, aniversários, formaturas e tudo mais. Tenho a oportunidade de fazer parte de sua alegria. Algumas pessoas dançam com as pernas, eu danço com o açúcar."

O vídeo fechou e acabou. Tudo o que Sloane podia ouvir era o zumbido do laptop e o pulsar em seus ouvidos.

— Eu estava certa? Eu te disse para confiar em mim. — Ana olhou para Kat.

Kat respirou fundo, e seus ombros pressionaram a caixa torácica de Sloane. O momento continuava se alongando.

Ana saltou no banquinho em crescente agitação.

— Você odiou.

— Só vou dizer que — Kat parecia estar com dificuldades para tirar os olhos da tela. Enfim, ela inclinou a cabeça na direção de Ana — espero que meu primogênito não seja menino. Porque seria totalmente constrangedor.

O rosto da mulher mais jovem ficou vazio, depois se transformou em risadas.

— Você me assustou.

— Isso é justo, porque acho que você pode ter exposto um pedaço da minha alma naquele vídeo. E não sei bem se estou pronta para isso, embora ache que ficou ótimo.

Sloane se inclinou para baixo, passou os braços em torno de Kat e a abraçou junto dele.

— Se esse vídeo aparecesse na minha mesa, eu estaria com você no telefone tentando te agenciar antes que a música acabasse. Você não está exposta, Kat. Estava real e segura de quem você é, uma mulher muito talentosa, bonita, sexy e imperfeita que adora preparar seus quitutes.

Um sorriso esculpiu-se sobre a dúvida que havia no rosto dela, irradiando sua felicidade.

Durante anos, Kat havia se escondido, tanto por trás de suas cicatrizes como na confeitaria. Mas, no vídeo, se revelava como uma mulher forte que tinha vulnerabilidades.

— Isso me deixou abalado. — Ele se virou para Ana. — Excelente trabalho. Você capturou as lutas e os triunfos da

Kat e a mostrou como o rosto da Sugar Dancer, a mulher que dança com açúcar em vez de com as pernas. — Voltando o olhar para Kat, ele acrescentou: — Essa última frase vai trazer as pessoas para ver o que você pode fazer com o açúcar.

Ana ficou ruborizada, e seus olhos faiscaram por trás dos óculos.

— Obrigada.

— A Kat disse que você tem um plano de marketing pra ela.

— Tenho mesmo. Inclusive com metas. O trailer também é muito bom. — Ela o colocou para assistirem.

O trailer tinha menos de sessenta segundos, mostrando os pontos altos da Sugar Dancer e de Kat. Ritmo rápido, impactante; era ótimo.

Kat sorriu.

— Eu gostei.

Sloane mal conseguia conter o entusiasmo crescente.

— É bom, mas aquele filme da biografia é ouro. Acho que devemos dar uma olhada no plano da Ana, e aí você dá o sinal verde para ela enviar os pacotes para os programas de confeitaria. Meu único pedido é que tenha segurança junto com você em todos os momentos. — A segurança de Kat vinha antes de qualquer coisa, mas ele sabia o quanto ela queria transformar a Sugar Dancer numa marca.

— Mas... — Os ombros de Kat murcharam o suficiente para ele captar a preocupação. Sloane pôs a mão sob seu queixo.

— Novo plano. Se você for chamada para participar de um programa, eu vou com você para as gravações como seu segurança. Juntos, podemos lidar com seus ataques de pânico. E a Ana pode ir como sua diretora de publicidade e assistente de cozinha.

Kat se levantou e o encarou.

— Você não vai mexer seus pauzinhos para me colocar num programa, vai?

Por um segundo ofuscante de tentação, Sloane quis fazer isso, deixá-la em dívida. Se ele tivesse o futuro de Kat nas mãos, será que poderia manter o amor dela?

Mesmo depois de matar?

Mas a mulher que ele amava tanto queria fazer isso por conta própria com a equipe que ela estava construindo.

— Você e sua equipe — ele acenou para Ana — já cuidaram disso.

O sorriso radiante o iluminou por dentro.

Domingo, no fim da tarde, Sloane estava recostado no frigorífico industrial na cozinha da Sugar Dancer, observando Kat demonstrar a Isaac como desenhar uma caveira num biscoito. Cinco garotos e Ethan a observavam com interesse absorto enquanto a pequena Kylie franzia a testa.

— Caveiras são feias. No meu, eu quero flores.

Kat olhou para cima.

— É? Que tal um pônei com flores na crina?

O gritinho de deleite de Kylie fez Sloane estremecer.

— Droga.

— Tente isso com quatro ou cinco meninas dominando minha casa ou a piscina. Meus ouvidos sangram. — John mordeu um *cupcake*. — Caramba, como isso é bom.

— Deve ser, já que você comeu meia dúzia. — Ele tentou tirar o orgulho da voz.

— Eu vi você devorar esses de limão.

— Eu estava sendo educado. — Sloane teria socado qualquer um que tocasse em seus *cupcakes* incríveis. Amava aquele negócio com recheio cremoso de limão: Kat chamava de coalhada de limão.

John riu pelo nariz.

— É sim, você é todo educadinho.

Ignorando, Sloane acenou para seu motorista e lutador em treinamento que estava curvado sobre um biscoito com um olhar de concentração.

— O Ethan está se divertindo muito com as crianças.

— A gente deveria tirar foto e mostrar para os outros lutadores.

— Colocar no YouTube.

— E no site da SLAM.

Sloane riu, embora nunca fosse fazer isso com o rapaz. Ethan era um de seus garotos desde que o tinham encontrado aos dezesseis anos. Demoraram um longo tempo para ganhar sua confiança. As merdas pelas quais tinha passado... sério, vê-lo rir e decorar biscoitos era algo ótimo.

— Francamente, estou contente por vê-lo participando. Ele anda ficando meio quieto perto dos outros rapazes.

Sloane também havia notado, mas atribuiu parte daquilo à doença de Drake. Estava deixando todos eles esgotados.

— Como andam os treinos dele?

John jogou o papel no lixo.

— À risca. Ele treina tão duro quanto qualquer um dos que temos. Tudo bem que ainda permite o pavio curto dominar sua melhor parte nas lutas de treinamento, mas está trabalhando nisso.

Autocontrole e cabeça fresca eram fundamentais para vencer uma luta. Aos vinte e um anos, era algo que agora Ethan precisava dominar.

— Venha, vamos nos encontrar amanhã depois que eu levar a Kat para o trabalho, eu vou treinar com o Ethan. — Sloane havia concordado em trabalhar com ele conforme o tempo permitisse; mas entre seu próprio treino, o trabalho, Drake e Kat, nunca sobrava tempo. Isso precisava mudar.

— Ele tem atenção à Kat. Foi ela quem o persuadiu a participar da decoração dos biscoitos.

Um sentimento cálido de posse envolveu o peito de Sloane. Seus amigos gostavam de Kat e, de alguma forma, ela havia se tornado impecavelmente uma parte deles. Como se oferecendo para receber as crianças naquele dia depois que a loja fechasse, para decorar alguns biscoitos que eles levariam para casa. Sloane não conseguia desviar os olhos dela, nem dos seus sorrisos fáceis e instruções delicadas. Ela amava compartilhar sua confeitaria com aquelas crianças.

Nenhuma outra mulher com quem ele havia feito acordo de acompanhantes demonstrou interesse nas crianças. Elas eram descartáveis. O máximo que as mulheres tinham feito era doar dinheiro para o *De Lutadores a Mentores*, e isso apenas para chamar a atenção de Sloane.

Dinheiro era fácil quando a pessoa tinha. Mas ter tempo e interesse? Gostar de verdade a ponto de compartilhar suas paixões com crianças desfavorecidas? Isso era real e inestimável.

Ele esfregou o peito à medida que rachaduras de medo

penetravam o calor. Sloane não queria perder Kat, mas não sabia como mantê-la. As coisas eram mais simples quando ele só tinha as mulheres como meras acompanhantes, não com essa relação emocional que deixava ambos os lados vulneráveis. Sloane afastou-se do refrigerador e deu um tapa no ombro de John.

— Você comeu seus *cupcakes*, agora pode ajudar a lavar a louça. Vamos lá.

Kat sorriu enquanto dobrava, com destreza, caixas quadradas de uma pilha de cartolinas desmontadas sobre a mesa.

— E aí?

Ele limpou um pouquinho de cobertura do rosto.

— Você já fez o suficiente. Pode sentar e se divertir. A gente limpa.

Ela ergueu as sobrancelhas.

— Isso aqui é praticamente só cobertura de creme de manteiga, bem gordurosa, é muito difícil de limpar.

Sloane uniu as sobrancelhas.

— Você está questionando minhas habilidades de lavar louça? Eu tenho experiência, sabe? — Ele lavava pratos quando viu Kat pela primeira vez, em sua festa de aniversário de dezesseis anos. Na época, aquela menina tinha incitado um caldeirão complexo de emoções dentro dele, enquanto a mulher que ele via agora o tinha na palma da mão.

O ceticismo mascarou o rosto dela.

— Você tem uma equipe invisível que limpa sua casa e abastece sua geladeira.

— Eu trabalhei como lavador de pratos em alguns dos melhores hotéis e clubes de campo. Prepare-se para se surpreender. — Ele a segurou pela cintura e a ergueu sobre um banquinho ao lado de Kylie. — Senta aqui e fica olhando. — Ela precisava descansar a perna, mas ele não era burro a ponto de lhe dizer isso na frente de um grupo de pessoas. Foi então que Sloane empregou uma arma secreta: — Kylie, fica vigiando a Kat e cuida para que ela não tente ajudar. Ela já fez tudo isso por nós, então é justo a gente limpar, não é?

Kylie considerou as palavras e assentiu solenemente, com os olhos enormes e graves.

— Então, faz um bom trabalho pra Kat.

Sloane não pôde evitar o sorriso.

— Pode apostar. — Ele se virou para os meninos. — Homens, tragam os pratos para a pia. Vamos mostrar para as meninas o que a gente sabe fazer.

Kat esticou a perna dolorida na parte de trás da limusine. Os meninos tinham se arrumado para assistir a um filme que estava passando nas duas telas, enquanto Kylie mostrava à Kat o local onde ficavam as bebidas.

— Estas são as minhas caixas de suco favoritas. Eu gosto de cereja.

— O papai disse que você só pode beber água. Você já comeu porcaria demais por hoje.

Kylie fez uma careta para o irmão.

— Eu só estava mostrando para a Kat. — Ela guardou o suco de volta no frigobar.

Ben olhou feio para a irmã mais nova.

— Tudo é sempre do seu jeito. Você fez Kat entrar na limusine.

— Não fiz.

— Fez, sim.

— Não fiz, não.

Kat começou a entender por que John ficava relutante em deixá-la sozinha com as crianças. Bem, ela não estava sozinha, Ethan estava dirigindo com a divisória da cabine aberta, de olho nas coisas. Sloane e John seguiam atrás, no carro dela. Kylie tinha implorado que Kat fosse com ela, e Kat era péssima em dizer não. Para tentar mudar de assunto, ela perguntou:

— Ben, vocês se divertiram hoje no jogo de beisebol?

Os olhos do menino se iluminaram.

— Sim! O Sloane nos levou para falar com alguns dos jogadores antes do jogo. Ganhamos uns bonés dos *Padre*, e alguns dos caras autografaram pra gente. — Ele tirou o boné e mostrou.

Ela o pegou e observou cada autógrafo.

— Ah, que legal, você pegou o autógrafo do...

O carro deu uma guinada à esquerda. Kat estendeu a mão por reflexo e se apoiou no banco para não cair em cima de Ben.

Ethan devia ter manobrado para desviar de alguma coisa na estrada. Ela abriu a boca e então eles foram lançados por outra manobra brusca.

— Kat! — Kylie gritou, arrastando-se para perto dela.

O carro resvalou descontroladamente. O coração de Kat foi parar na garganta. Seu pulso disparou.

— Ethan!

Sem resposta.

— O Ethan não está se mexendo! — Robert, um menino mais velho, ajoelhou-se no banco e se inclinou para a frente do carro. Seu rosto ficou branco de terror.

Porcaria. Isso era ruim. Kat foi invadida por uma descarga de medo enquanto tentava controlar os pulmões em meio aos movimentos de ziguezague. Eles iam bater.

Soluços atravessaram seu medo. Kylie olhou para Kat com enormes lágrimas rolando pelo rosto.

— Eu quero o meu pai.

O medo da menina fez Kat entrar em ação. Ela agarrou Kylie e a empurrou para o chão.

— Todo mundo pra baixo. Fiquem agachados e protejam a cabeça.

As crianças se abaixaram.

O guinchado dos freios perfurou o interior normalmente silencioso do veículo, mas a limusine não estava diminuindo a velocidade. Kat se jogou para frente na tentativa de olhar pela janela de privacidade da cabine. Estavam atravessando um cruzamento a toda velocidade. Os guinchados eram de outros carros derrapando para não os atingir.

Kat virou o olhar para Ethan.

— Ai, Deus. — Ele estava caído sobre o cinto de segurança, inconsciente ou morto.

Faça alguma coisa! Pule a janela, passe pra frente. Pare o carro. Kat agarrou as bordas para atravessar a abertura quando olhou para cima.

Tarde demais, estavam disparando em um ângulo diagonal, rumo a uma parede de blocos. Desesperada, Kat agarrou o ombro de Ethan e o balançou com força.

— Ethan!

O homem afundou mais no cinto de segurança, e o carro começou a diminuir a velocidade. O pé dele tinha deslizado para fora do acelerador, mas não tinham desviado a rota o suficiente para evitar totalmente a parede.

Tempo esgotado!

Kat se virou e afundou no chão, cobrindo tantas crianças quanto conseguisse.

Segundos depois, um ruído horrível da pancada explodiu na cabine. O arranhão do metal e os gritos de dor palpitaram em sua cabeça quando eles foram arremessados, impotentes, entre os assentos. A bochecha direita de Kat bateu em algo, e a desorientou por um instante.

Depois, houve um silêncio sinistro, perfurado apenas pelas crianças chorando e por sua própria respiração entrecortada.

Ela estava viva, mas e as crianças? E Ethan? Que diabos tinha acontecido?

Capítulo 05

Sloane enfiou a mão cheia de sangue seco em meio aos cabelos. A cada merda de vez que fechava os olhos, via a batida novamente. Via a cena do carro diminuindo a velocidade no último minuto, e a lanterna dianteira esquerda atingindo o muro na diagonal, fazendo a limusine ir deslizando ao longo da parede até parar de vez. Ele e John haviam corrido até o carro, que estava fazendo um ruído estranho, e forçado as portas emperradas a se abrirem. Não saber se Kat e as crianças estavam mortas ou vivas havia tomado alguns anos de sua vida.

E agora isso.

— O Ethan teve um ataque cardíaco? — Olhou em volta pela sala de espera da UTI, sem conseguir acreditar em que porra tinha acontecido. — Nós fazemos acompanhamento médico dos nossos lutadores. Ele tem vinte e um anos. — Sloane encarava a médica. — Então como isso aconteceu?

A Dra. Morris manteve no rosto extenuado numa expressão cuidadosamente vazia.

— O músculo cardíaco está inchado e não suportou o esforço do que ele estava fazendo com o corpo.

— Treino? — Sloane começou a suspeitar do culpado, mas não queria acreditar.

— Esteroides.

Porra. Cruzou os braços sobre o peito numa tentativa de conter a raiva e a preocupação.

— O Ethan está usando esteroides. No meu programa de treinamento.

— Ele admitiu, mas está assustado, Sr. Michaels. O coração foi danificado, e a carreira de lutador dele chegou ao fim. Ele também sofreu alguns ferimentos por causa da batida e dos airbags.

— Quero vê-lo.

— Não. Não esta noite. O senhor precisa entender que o jovem está muito doente. Ele vai se recuperar, mas poderia ter morrido.

Uma fúria cega o atravessou. Como Ethan podia ser tão idiota? Poderia ter se matado, matado as crianças e matado Kat. Sloane poderia tê-la perdido.

Não. Ele não podia pensar sobre Kat morrer, ou isso arrebentaria os últimos traços de seu autocontrole.

Precisava segurar a onda. Kat, a essa altura, já devia ter saído das radiografias, e ele precisava voltar para ela. Mas tinha que fazer uma coisa antes.

— Eu te ouvi, doutora. Agora preciso que me escute. Aquele moleque só tem a mim. Estou pra lá de furioso e revoltado, mas ele está com medo. Me deixa entrar para garantir a ele que eu estou aqui. Não vamos conversar sobre os esteroides até ele estar mais forte.

Ela o olhou com suspeita.

— Me dá sua palavra?

— Dou.

— Está bem. Por aqui.

Sloane a seguiu para além do posto de enfermagem e entrou no quarto onde estava Ethan. Cabos e tubos brotavam do rapaz. Sua respiração era rasa, e suas mãos tremiam. Sloane sentiu como se estivesse sendo atravessado por um punhal de dor. O garoto estava doente, como a doutora havia dito.

— Ethan.

Ele abriu os olhos, mas levou um segundo para conseguir focar.

— Desculpa.

Arrependimento estava gravado no fundo de sua voz, e seus olhos estavam cheios d'água. Ele era só um maldito garoto. Sloane havia recebido os cuidados de Drake, alguém que garantiu que ele não faria nada tão absurdamente idiota como tomar esteroides. No entanto, Sloane havia falhado com Ethan. Pousando a mão no ombro do garoto, ele se inclinou para baixo.

— Não quero saber de desculpas. Quero que você se concentre em se recuperar. Isso é tudo que importa esta noite.

— Os outros se feriram muito? Como eles estão? Por favor. Ninguém quer me dizer. — Lágrimas brotavam de seus olhos, o que fez uma sensação de pena transbordar no peito de Sloane.

— Todo mundo está bem. O Ben fraturou o braço, o Robert quebrou um dedo e a Kylie precisou de alguns pontos na perna. Fora isso, só escoriações e hematomas. — Graças a Deus o carro havia diminuído a velocidade e enviesado antes do impacto. O que poderia ter sido uma colisão frontal violenta acabou sendo apenas uma derrapada mais séria.

— Kat? — Sua voz estava áspera.

— Tirando raio-X agora para ver o lado direito do rosto, mas é uma precaução. Ela está bem. Precisei fazê-la concordar em ser examinada e mesmo assim ela só aceitou depois que as crianças tinham sido atendidas.

Os ombros de Ethan relaxaram.

— Obrigado. — Ele engoliu em seco. — Nunca quis te decepcionar.

Sloane sentiu um nó na garganta. Merda.

— Então, trate de ficar bem. Está me ouvindo? Descansa agora, e eu volto amanhã.

Kat acordou com o rosto latejando e o corpo doendo. Lançou um olhar para o relógio. Quase duas da manhã. Tentou ignorar a dor para pegar no sono outra vez.

Porém, era aguda demais, penetrante. Com cuidado, ela saiu da cama e foi ao banheiro. A luz fazia seus olhos doerem, mas então ela viu seu rosto no espelho. Ai. Um hematoma forte abaixo do olho direito e um corte sobre o osso malar. Virando-se, ela ergueu a regata e, sim, uma marca escura se espalhava na parte de trás das costelas.

Estava atrapalhando-se com o ibuprofeno quando a porta se abriu com um Sloane que vestia apenas cueca boxer, tinha barba no rosto e o cabelo bagunçado.

Ele colocou uma bolsa de gelo sobre o balcão e pegou o frasco de compridos da mão de Kat.

— Tentamos fazer do seu jeito, mas não funcionou. Você estava gemendo durante o sono pelos últimos vinte minutos. — Ele colocou o frasco de lado e pegou um outro de cor marrom. Enjaulando Kat entre os bíceps, encostado em suas costas, ele pegou dois comprimidos. — Tome, por favor.

Ela fitou suas mãos, que estavam cobertas de cortes e

arranhões provocados pela tentativa de tirar Kat e as crianças de dentro do carro. Ainda brilhavam por causa do unguento que Kat havia passado depois que Sloane tomou banho. Ele se permitiu ser cuidado por ela, e agora era a sua vez de fazer o mesmo.

— Fui idiota quando pensei que poderia ir trabalhar daqui a algumas horas.

Sloane já sabia, mas não tinha tentado forçá-la a tomar o remédio antes; em vez disso, deixou que fizesse do seu próprio jeito. Seus olhos preocupados capturaram os de Kat no espelho.

— Você tem que descansar. Kellen e os pais dele vão cuidar da confeitaria para você amanhã.

Estava tornando as coisas piores para Sloane. Ele estava aborrecido por causa de Ethan, depois, teve que lidar com tudo no hospital, e ainda a levou para casa com ele, ajudou-a a tomar banho e a colocá-la na cama.

— Está bem. — Ela engoliu as pílulas com a água que ele lhe deu. — Obrigada. Volta pra cama. Vou ficar sentada por alguns minutos e usar isso aqui. — Ela pegou a bolsa de gelo. Seria uma boa ajuda para a bochecha latejante.

Ele se mexeu e a levantou com cuidado nos braços.

— Vou ficar aqui sentado com você. Segure isso no rosto. — Ao passar pela cama, ele agarrou a colcha, atravessou as portas do deque e saiu para o ar frio e com cheiro de mar. Sentou-se no assento estofado do grande banco de balanço e se embrulhou com Kat, usando a colcha.

A noite os envolvia, e as ondas inchavam e quebravam num ritmo calmante. Sloane encostou a face esquerda dela no peito enquanto ela segurava a bolsa na face direita. Depois, deu impulso no banco e, juntos, foram embalados lentamente.

O rosto já estava ficando dormente, mas Kat não queria

que Sloane tivesse que se levantar com ela.

— Quero que você durma.

— Toda vez que fecho os olhos, vejo aquele carro dando uma guinada e derrapando em direção ao muro. Não pude pará-lo, não pude fazer droga nenhuma. — Ele sugou o ar nos pulmões. — Assim é melhor, posso sentir sua respiração.

Continuavam revivendo a cena de novo e de novo.

— Eu não sabia o que fazer. A Kylie chorava pedindo o pai, estava muito assustada. Todos eles estavam. — Kat não conseguia impedir as palavras. — Quando percebi que o Ethan estava inconsciente, não havia tempo para pular para frente e parar o carro. Tentei sacudi-lo, e foi isso que tirou seu pé do acelerador.

— Foi o que salvou a vida de vocês. O carro estava atravessando cruzamentos totalmente desgovernado. Se tivesse atingido aquele muro em cheio, de frente, vocês todos teriam morrido.

Ela fechou os olhos e estremeceu com os pensamentos que lhe vieram à mente.

— Ainda posso ouvir o Ben gritar quando tirei Kylie de cima de seu braço.

Sloane deslizou a mão por baixo de sua camiseta, passou-a pelas costelas feridas e esfregou o alto das costas cm carícias lentas.

— Você fez tudo o que podia. Os médicos disseram que teria sido muito pior se você não tivesse feito todo mundo se abaixar. De agora em diante, as crianças vão usar cinto de segurança na limusine.

Não parecia que ela havia feito o suficiente. Kat desejava que pudesse ter atravessado a janela de privacidade para parar o carro de uma vez por todas.

— Qual o estado do Ethan? Muito mal?

— Está baqueado, mas o infarto foi o que fez mais estrago; causou dano permanente ao coração. Ainda não se sabe o quanto. Ele vai se recuperar, mas a carreira de lutador já era. — Todos os músculos de Sloane ficaram rígidos. — Jesus, Kat, eu não sabia. Eu juro. Eu nunca havia deixado meus lutadores usarem esteroides. Eu não sabia.

Kat levantou a cabeça. A cobertura de nuvens havia se dissipado, permitindo que uma lâmina de luar emergisse dali e iluminasse a agonia nos olhos de Sloane, a dor por Ethan, a raiva e a culpa por não saber. Ali estava ela, reclamando sobre o medo que teve, quando na verdade estava muito bem, mas Sloane, por sua vez, estava sentindo o sofrimento no seu íntimo.

— Ele é um dos seus? Dos seus discípulos?

Ele sustentou o olhar.

— Drake o encontrou nas ruas tentando entrar em lutas clandestinas. Virei mentor dele logo depois.

— Quantos anos ele tinha?

— Acabava de completar dezesseis.

A raiva antiga mostrou as linhas tênues ao redor de seus olhos. Kat não perguntou mais nada, pois o passado de Ethan era o mesmo de Sloane. Em vez disso, ela baixou a bolsa de gelo e esfregou o polegar sobre a cicatriz perto da boca dele.

— Imagino que você não sabia. O importante é o que fazer agora.

— A médica disse que não quer que eu faça perguntas ao Ethan por enquanto, e, tudo bem, eu entendo. Mas agora vamos questionar todos os outros lutadores do programa. John e eu vamos revirar a casa de hóspedes pela manhã à procura das substâncias que Ethan estava usando. Depois, vamos mandar analisar e isolar essas coisas para descobrir como detectar, já que não estavam aparecendo nos exames toxicológicos que fazemos regularmente. E então, vamos fazer os testes em todo mundo.

— Ethan estava tomando esteroides personalizados? — Kat se sentou; seu corpo estava respondendo à descarga de adrenalina no sangue, enfrentando o efeito dos analgésicos. — Os exames para anabolizantes são bem sofisticados. Precisa de muita habilidade para burlá-los.

— Você conseguiria?

A antiga vergonha por não ser inteligente o bastante ressurgiu, mas ela não mentiria.

— Não. Eu não era tão boa assim. E mesmo que fosse, não faria. Olha só o que os esteroides fizeram com o Ethan, e provavelmente ele usou por um curto período. A longo prazo, as substâncias causariam destruição de células cerebrais e, claro, agressividade excessiva.

Sloane pegou a bolsa de gelo e reposicionou-a na face ferida.

— Você consegue verificar os resultados que temos nos arquivos e garantir que a nossa equipe médica não esteja deixando isso passar?

— Posso dar uma olhada, mas a Amelia seria melhor. O Marshall, sem dúvida, conseguiria.

— Quero que você olhe primeiro e me diga se enxerga alguma coisa anormal. Temos que verificar cada maldito detalhe, da coleta monitorada aos resultados das avaliações. — Ele a encarou. — Confio em você... ninguém conseguiria te comprar, e você não mentiria para mim. Você sabe que não é só a minha empresa que está em jogo: é a saúde dos meus lutadores. Não vou ter outro Ethan por causa de uma equipe preguiçosa.

Kat sentiu um aperto no coração.

— Você confia em mim para isso? Não sou tão boa assim.

— Eu confio em você. Você me diria se estivesse além das suas capacidades. Vou mandar enviarem todos os registros para cá pela manhã, e vamos começar daí. — Ele afastou o cabelo dela para trás, mantendo a bolsa de gelo no rosto. — Você faria isso por mim?

Ele confiava nela. Acreditava nela.

— Faria.

— Que bom. Agora deite de novo. — Ele a puxou de encontro ao corpo, envolvendo-a com a colcha. — Me deixa te abraçar um pouco. — E embalou o balanço num movimento suave e tranquilo.

Kat suspirou junto de Sloane, começando a sentir os remédios fazerem efeito no seu corpo.

— Como você nunca me contou que dançava?

Na noite escura, tudo foi sendo levado para longe.

— Era só diversão, e não posso mais dançar agora. Não daquele jeito.

— Você dança quando está na cozinha. E fica sexy pra caramba.

Será que ele achava mesmo?

— Hábito. Eu costumava confeitar na casa da minha avó, e a gente sempre dançava. Ela se chamava Sylvia, era a mãe da minha mãe. Primeiro, a minha mãe não me queria nas aulas de dança da minha avó, mas eu chorava quando me colocavam em programas e acampamentos de ciências ou de matemática. Eu odiava. Eu me sentia burra.

Sloane lhe acariciou os cabelos.

— Sua avó te resgatava?

As lembranças a fizeram sorrir, apesar do rosto machucado.

— Ela estava na minha lista de contatos de emergência. Se eu chorasse, ela vinha me buscar e me deixava dançar com os alunos da escola dela. Era divertido, não tinha pressão. A vovó nunca se preocupava se eu era boa ou não. Só queria que eu sentisse a música. Algum tempo depois, meus pais me deixaram fazer as coisas do meu jeito, enquanto eles se concentravam na SiriX e no Marshall.

— Você era boa?

— Não tinha nível profissional. Minha paixão não era tão grande assim. Eu amava porque era uma fuga, um lugar para onde eu poderia ir e ser apenas eu mesma. Ela também apoiava meu gosto pela confeitaria. Os preferidos da minha avó eram meus biscoitos de manteiga de amendoim.

— Você a amava muito. Quando ela faleceu?

— Um ano antes de eu comprar a Sugar Dancer. Câncer de mama. — Kat sentiu a cabeça começar a rodar. — Sabe aquelas fotos na minha confeitaria? As que têm silhuetas de dançarina?

— Parece que foram feitas de açúcar colorido.

Ele se lembrava, o que aqueceu o coração de Kat tanto quanto o cobertor ou os braços de Sloane.

— Isso. Mandei fazer aquelas imagens baseadas nas fotos de quando minha avó dançava profissionalmente. Amo aquelas fotos. É bobo, eu acho. Queria que ela estivesse aqui comigo.

— Não é bobo. — Sloane beijou-lhe o cabelo, e o hálito quente deslizou sobre sua pele. — São uma homenagem de amor.

Ele a fazia se sentir segura e amada.

Kat estava cada vez mais distante, suas pálpebras ficando pesadas.

— Estou pegando no sono. Vou voltar para a cama para que você não tenha que me acordar.

— Deixa comigo. Durma, querida. Eu te coloco na cama quando eu for deitar.

Kat abriu os olhos e encontrou o sol forte inundando o quarto. Rolou de lado e espiou o relógio. Levou um susto. Já passava das dez. Recordava-se vagamente de Sloane acordá-la em algum momento para lhe dar mais remédio e então... nada até agora. Devia ter dormido como uma pedra.

A confeitaria. Ela pegou o telefone e encontrou três mensagens de Kellen. Todas variações de: **Está tudo bem aqui, nos falamos depois.**

Ela respondeu com outra mensagem: **Acabei de acordar, te amo mais do que sundae com pedacinhos de chocolate. Obrigada por salvar meu traseiro.**

É Dr. Salvador de Traseiros para você, Kit Kat. Tenho Ph.D.

Kat riu e se arrependeu quando a dor pareceu cortar do olho até a bochecha e fez formigar suas costelas. *Rir dói, Dr. Traseiros.*

Que bom que você está viva para sentir. Vou levar brownies e cookies para casa como pagamento. Até.

Depois de um banho para relaxar os músculos, ela desceu e encontrou Sloane, John e Drake na mesa de reuniões, no escritório. O sol forte e uma brisa fresca entravam pelas portas francesas que se abriam para o oceano. Mas os três homens estavam focados na TV de tela grande pendurada na parede, em frente à escrivaninha de Sloane.

Um homem de aparência séria estava sentado na frente da câmera.

"Uma fonte dentro do hospital confirmou que Ethan Hunt é um dos lutadores da SLAM *Inc., e que a suspeita é de que a causa do infarto tenha sido o uso de esteroides. Foi isso que provocou o acidente."*

Kat ficou perplexa ao ver imagens da limusine com a dianteira esquerda amassada no muro e cercada por faróis dos veículos de emergência.

"Vai haver uma investigação na SLAM *Inc, e acusações de doping."*

— Sloane?

Ele se levantou e girou na direção da voz.

— Você levantou.

— O que está acontecendo? — Ela indicou a TV. — Como eles descobriram tão depressa? Você contou à imprensa?

Sloane foi até um aparador e serviu um pouco de café.

— Ele vai ter que cooperar com as autoridades e fazer um acordo.

— Puta merda, Kat. — John foi até ela, com uma carranca sombreando a face. — Você tirou radiografia do rosto?

A preocupação de John era tocante.

— Como se eu tivesse escolha... Você conhece o Sloane, não é? Como estão o Ben e a Kylie?

— Melhor do que eu teria imaginado. Eles dormiram com

a gente, em especial porque queríamos ficar de olho neles. Hoje de manhã, ficaram tagarelando sem parar sobre a grande aventura.

— Boa. Diga à Sherry que eu teria tentado parar o carro se houvesse tempo. O muro estava se aproximando rápido demais. — Ela odiava a sensação de não saber o que fazer.

— Sem brincadeira, tudo aconteceu em segundos. O Sloane estava tentando emparelhar com o carro para ver o que diabos estava acontecendo, mas o veículo estava muito desgovernado. — John colocou a mão em seu ombro. — Obrigado por cuidar dos meninos. De todos eles. Digo tanto em nome da Sherry como no meu. Eu te abraçaria, mas estou com medo de te machucar.

— As costelas dela estão um pouco doloridas. — Sloane lhe entregou uma xícara de café. — Você comeu alguma coisa?

Kat levou um segundo para acompanhar a mudança de assunto.

— Hum... iogurte. — Tomou um gole de café para ajudar a aliviar o sentimento residual de letargia causado pelos comprimidos para a dor e por ter dormido tão pesado. Também lhe dava um segundo para absorver a imagem de Sloane vestido com calças de pregas perfeitas e camisa social cor de estanho, que agarrava nos ombros e nos braços. Com o rosto barbeado e o cabelo penteado para trás, ele transbordava uma confiança e uma elegância poderosas que deixavam Kat de boca seca. Era o mesmo homem que a havia abraçado na noite anterior, dizendo-lhe como estava devastado por não ter percebido que Ethan estava usando esteroides.

— Ela precisa de uma bolsa de gelo — disse Drake de onde estava sentado à mesa. — Você deveria ter aplicado a bolsa durante a noite.

— Eu fiz isso. Três vezes.

— Três...? Só me lembro de uma. — Ela acreditava, mas

por que não estava se lembrando? Ele passou o braço ao seu redor.

— Você estava dormindo. Não se preocupe.

Certa suspeita se enraizou fundo em seu cérebro.

— Você só ficou acordado para me observar. — A médica estava ligeiramente preocupada. Não tinham encontrado nenhum sinal de concussão, mas a última havia sido tão grave que eles não quiseram que ela passasse a noite sozinha. — Foi por isso que você concordou quando eu só tomei ibuprofeno na primeira parte da noite.

Ele deu de ombros.

— Não foi nada de mais.

Errado. Tão errado. Sloane não queria que ela soubesse o que ele estava fazendo para evitar que ela se sentisse um fardo. Kat teve de piscar para afastar a ligeira ardência nos olhos.

— Para mim, foi sim — ela disse suavemente.

Sloane franziu os olhos.

— Foi?

Ele a fazia se sentir especial, importante. Mesmo quando era lindo e sexy, e ela vestia calças de ioga e um top qualquer.

— Foi. Obrigada por cuidar de mim.

— Sempre. Está a fim de olhar os registros de laboratório? Estou com todo o conjunto do grupo que fez os testes junto com o Ethan, e uma outra amostra para comparação.

O que a trazia de volta para os problemas que Sloane estava enfrentando. Kat queria ajudar mais do que nunca. E agora ela entendia por que precisava examinar os resultados: Sloane não podia confiar em ninguém, como disse na noite anterior, mas agora ela via em primeira mão o tipo de vazamento de informação que ele enfrentava.

— Claro. — Ela tomou um gole de café e sentou-se em uma cadeira ao lado de Drake. Ele usava calça de moletom e uma camiseta. A ansiedade pesada lhe curvava os ombros ossudos.

Sloane colocou o laptop diante dela.

— Aqui estão os arquivos das duas últimas baterias de exames de urina. Gire a tela para ver todos.

Kat começou a ler as páginas. Primeiro, familiarizando-se com os formatos, os valores normais e os parâmetros, em seguida, comparando e contrastando. Não demorou muito.

Reclinando-se na cadeira, ela terminou o último gole de café.

— O teste é abrangente e os relatórios são consistentes. Se é isso o que seu pessoal médico viu, acho que não tem nada passando batido. Os números de Ethan estavam dentro dos parâmetros.

Sloane esfregou o nariz.

— Interessante, mas significa que esses esteroides não estavam aparecendo nos exames.

Por um breve segundo, o pouquíssimo sono e uma tonelada de preocupação se mostraram evidentes. Kat perguntou:

— Vocês encontraram os esteroides do Ethan?

Ele estendeu a mão e pegou uma bolsinha com zíper.

— Encontramos, estava em um compartimento da bolsa de ginástica. Agulhas, frascos e instruções. O próprio John vai levar ao laboratório.

Ela não sabia de que outra forma de ajudar.

— O que mais eu posso...?

— É a Sugar Dancer. — John pegou o controle remoto e aumentou o volume.

Kat girou na cadeira ao ver uma mulher na tela, em frente às vitrines da confeitaria, dentro da loja.

"Você pode confirmar que Kathryn Thayne esteve envolvida no acidente supostamente causado por Ethan Hunt, lutador da SLAM*?"*

"Sem comentários. Saia." A voz de Kellen era fria como seus olhos castanhos.

"Kathryn Thayne faz parte da família proprietária da SiriX Farmacêuticos? Há alegações de que o Sr. Hunt usava esteroides. Existe alguma conexão?"

"Vou chamar a polícia." Kellen pegou o celular e começou a apertar botões.

A cena cortou para um âncora no estúdio.

O desjejum de iogurte revirou no estômago. Sloane colocou a mão no ombro de Kat enquanto mexia no telefone para fazer uma chamada.

— Liza, ponha uma equipe de segurança na Confeitaria Sugar Dancer para controlar a imprensa o mais rápido possível.

Despertando do estado de choque, ela pegou o celular e ligou para Kellen.

— Você viu a notícia — ele atendeu.

A tensão fez seus músculos doerem mais.

— Qual é a gravidade da situação por aí?

— Equipes de repórteres. Eu dou conta. Meus pais estão aqui. — A raiva fazia Kel economizar as palavras. Não era justo ele ter de lidar com essa porcaria.

— Estou indo aí.

— Não, Kat. Fique na casa do Sloane e descanse. Confie em nós. Minha mãe fez seus pãezinhos de pecã. Os clientes adoraram.

Eles estavam fazendo tanto por ela...

— Kel, eu estou bem. Eu dormi na noite passada. Além disso, era para a sua mãe te ajudar com a mudança hoje. — Ele e Diego tinha se mudado para a casa nova durante o fim de semana, e Kel precisava dessa última semana, antes de começar no emprego novo, para terminar de arrumar as coisas e fazer a decoração a tempo de deixar tudo pronto para a festa de inauguração no domingo.

— Ah, cala a boca. Está ouvindo o que você disse? Será que esse acidente libertou sua mártir interior? Porque ela é uma chata horrorosa. Mate essa vadia e traga de volta a minha Kit Kat de pavio curto.

— Não me faça rir. — Kel nunca ficava zangado por muito tempo. Era uma das coisas que ela amava a seu respeito.

— Você merece. É um insulto e você sabe disso. Sem contar que agora você está me devendo uma. Das grandes. Tenho um arquivo bem extenso de tudo que você está me devendo por causa das merdas que eu faço por você.

Os músculos do rosto de Kat estavam tendo pequenos espasmos.

— Eu te odeio.

— Você me ama. Como está seu rosto esta manhã?

Conversar com Kellen sempre a fazia se sentir melhor.

— Machucado.

— Se a imprensa te vir, as coisas só vão ficar piores. Eles vão deixar tudo pior. Fique na casa do Sloane e use esse dia para ficar na moita.

Ele tinha razão.

— Obrigada, Kel. Eu te devo uma. O Sloane vai mandar mais segurança para controlar a imprensa. Vou ligar mais tarde para os seus pais e agradecer.

— Vou pedir para minha mãe guardar um pãozinho de pecã.

Não sorria.

— Ah, e, Kel?

— Fala.

— Você não vai encontrar o projeto do bolo em lugar nenhum na Sugar Dancer. — E com isso, ela desligou.

Sloane entregou-lhe uma bolsa de gelo.

— Parece que você vai precisar disso. Só o Kel poderia te fazer rir quando você está morrendo de dor e no meio de uma tempestade de merda.

A bolsa fria era uma delícia no rosto e no olho.

— Esse é o superpoder que ele tem. A confeitaria está sob controle, então vou ficar aqui. Você está vestido para o trabalho. Pode ir. Drake e eu vamos ficar bem.

Capítulo 06

Sloane enfiou os lençóis na máquina de lavar, ligou-a e voltou para o quarto de Drake, agora que estava mais calmo. Ignorando o antigo mentor, que descansava na poltrona, ele se concentrou em Kat.

— Por que diabos você não me ligou? — Não, ainda nada calmo.

Kat alisou o lençol de elástico sobre a cama e pegou o lençol de cima, recusando-se a olhar para Sloane.

— Eu estava cuidando de tudo.

— Ela disse que você estava ocupado demais treinando — comentou Drake.

Ocupado demais? Para Drake ou Kat? Ele estava na academia, não no meio de uma cirurgia cerebral. Sloane sentiu a raiva inundar sua razão e, com isso, agarrou o lençol que Kat segurava.

— Estava cuidando de tudo uma ova. Você poderia ter se machucado tentando mexer com o Drake! — Como se seu dia já não tivesse virado merda depois de lidar com a mídia em uma coletiva de imprensa, de andar de um lado para o outro no hospital enquanto Ethan era submetido a exames e avaliações, e de realizar uma reunião obrigatória com cada lutador e integrante da equipe de apoio para deixar brutalmente clara a posição da SLAM de tolerância zero quanto ao uso de substâncias de melhoria de desempenho.

E então Sloane voltava para casa e encontrava esse pesadelo? Depois que a enfermeira Jane foi embora ao fim do expediente, Drake começou a vomitar. Sloane tinha chegado em casa e encontrado Kat tentando tirar Drake da cama para limpar. Seus músculos estavam pulsando.

Kat estreitou os olhos, em seguida, puxou o lençol de volta e colocou, ela mesma, sobre a cama.

— Não sou aleijada.

— Você sofreu um maldito acidente de carro, ontem mesmo. E para sua informação, querida, mancar significa que você é aleijada. — Ele ouviu as palavras saírem da boca antes que pudesse pará-las. Ninguém mais gritava com ele, a não ser Drake ou Kat. Parecia bom demais poder retribuir os gritos de alguém.

Porque, quando a gritaria parasse, ele teria que pensar em Drake. Doente. Morrendo. Porra.

Kat girou sobre a perna boa até ficar de igual para igual com Sloane. Inclinou a cabeça para trás, e seus olhos incendiaram com todos os tipos de irritação em seu rosto ferido.

— Para sua informação, cara, você é um imbecil. — Ela saiu do quarto pisando duro, balançando os quadris enquanto mancava.

— Essa foi boa.

Sloane voltou seu olhar para Drake. O lutador, outrora maciço, estava se desgastando e se transformando numa concha franzina; sua pele estava seca e de um tom amarelo doentio. O câncer de Drake esculpia novas linhas e depressões em seu rosto todos os dias, e matava Sloane aos poucos pela impotência. Não existia absolutamente nada que pudesse fazer.

Drake tinha o suficiente para suportar sem ter a necessidade de ver o quanto isso tudo perturbava Sloane.

— Você está rindo? Você passou a última hora vomitando as tripas em cima da Kat.

— Ela gritou com você. Te chamou de imbecil. Lógico que estou rindo. Eu não me importo de vomitar novamente. Isso foi muito, muito engraçado.

Sloane balançou a cabeça, entrou no banheiro anexo e ligou o chuveiro. Ao retornar, ele perguntou:

— Ela disse mesmo que eu estava ocupado demais treinando?

Drake ficou sério.

— Disse.

Ele não gostava dessa merda. De jeito nenhum.

— Eu teria voltado para casa se você ou a Kat ligassem. — Ele se agachou na frente do homem mais velho. — Você sabe disso. — Sloane precisava que Drake soubesse que ele estava ao seu lado, a despeito de qualquer coisa.

Drake assentiu.

— Eu sei.

Sloane fechou as mãos sobre as coxas.

— Mas a Kat não. — É claro que ela não sabia. Ela o havia procurado depois de a cadela de sua mãe, Olivia, despejar uma bomba sobre ela, mas Sloane a havia rejeitado. Ele não havia mantido a promessa feita: se ela se recolhesse, ele iria resgatá-la.

Em vez disso, Sloane a evitou com a certeza de que precisava deixar Kat ir embora.

Mas não era assim que ela enxergava. Em vez disso, encarava a situação como se tivesse sido jogada para escanteio e, assim, saído do caminho.

— Então você entrou aqui rugindo que ela não conseguia dar conta das coisas. Por acaso soa familiar? Parecido, talvez, com o jeito que os pais dela a tratam? Como se ela fosse burra demais para tomar as próprias decisões?

Sloane endireitou o corpo sobre os calcanhares.

— Não foi isso que eu quis dizer. — Ele passou a mão pelo cabelo. Será que tinha deixado Kat magoada? Mas ela não havia se recolhido dentro de si mesma. A memória o fez sorrir. — Ela me olhou no olho e gritou na minha cara. Ela está bem. — Era quando Kat se voltava para dentro de si mesma que Sloane sabia que as dores emocionais estavam grandes demais para ela se refugiar.

Drake relaxou ao ouvir isso.

— Ela segurou a barra muito bem com você. — Ele emitiu uma risada fraca. — A Kat está certa, você é um imbecil.

Ele precisava ajudar Drake a se limpar, e depois iria atrás da confeiteira. Levantando uma sobrancelha, Sloane disse:

— Pelo menos não cheiro a vômito. — Ele ajudou Drake a se levantar e o levou para o chuveiro.

Uma hora mais tarde, Sloane estava seguindo para as escadas quando viu que as luzes do deque estavam acesas e que os painéis de vidro deslizantes estavam abertos. Ao sair, ele esperava encontrar Kat sentada em uma das cadeiras.

Mas não foi assim.

Um fio de preocupação começou a serpentear por sua espinha.

— Kat? — Ela não iria deixá-lo, iria? Será que Sloane tinha entendido tudo errado naquela noite? Estava certo de que ela só havia decidido tomar um banho para dar um pouco de privacidade a Drake enquanto Sloane o ajudava. A passos largos, ele passou pela jacuzzi, e então viu Kat banhada pelo luar.

Ao fim dos degraus, com uma toalha de praia sobre a areia, Kat estava com o iPod nos ouvidos e equilibrava a perna ruim, erguendo um braço para o céu e usando o outro para segurar o tornozelo atrás do corpo. Ela se inclinou para frente, trazendo o braço para baixo e o tornozelo para cima, em uma das poses de ioga.

O coração de Sloane se apertou. Kat usava os shortinhos minúsculos de pijama e uma regata de alcinha que revelavam as linhas maravilhosas de sua silhueta. Mesmo a perna direita que não conseguia deixar esticada por inteiro deixava Sloane extasiado. Kat sustentava a pose por alguns segundos e mudava para uma versão modificada com a perna ruim.

Sloane precisou de todo o seu autocontrole para resistir ao ímpeto de saltar os degraus e segurá-la para que não caísse.

Mas ele não se mexeu. Apesar de toda a gritaria anterior, Kat conhecia os próprios limites. Mas, caramba. Envolta pelo luar na areia, pelo mar lambendo a praia, ela era de tirar o fôlego. Sloane arrumou o pau dentro do calção quando Kat relaxou graciosamente da pose e fluiu para uma outra.

Como uma dançarina. Tão linda que o fazia arder de vontade de tocá-la.

De possuí-la.

Kat ainda estava debilitada. Estava se movendo com mais cuidado do que o habitual na prática de ioga. Sloane desceu os degraus e entrou em sua linha de visão.

Ela largou a pose, com uma expressão de cautela.

Com delicadeza, Sloane lhe puxou os fones dos ouvidos.

— Você é tão linda, Gatinha.

Ela estreitou os olhos.

— Para uma aleijada?

Ele passou a mão ao redor de sua nuca, puxando-a para junto de si, mostrando-lhe o que ela fazia com ele.

— Uma aleijada teimosa e muito, muito sexy, vestindo shortinhos que me provocam uma ereção enorme.

Kat ergueu as sobrancelhas.

— Todas as suas ereções são enormes.

— Fico feliz que você pense assim.

— Você continua sendo um imbecil.

Sloane adorava que ela não se intimidasse.

— Anotei. Mas sou o *seu* imbecil. Sempre que precisar de mim, pegue o maldito telefone e me ligue. — Com ele o papo era reto, direto. Sem jogos. Kat não gostava de se sentir manipulada, mas Sloane não podia culpá-la.

Ela inclinou o queixo para cima, e o luar iluminou seu ferimento no rosto.

— Você ouviu seu telefone tocar?

— Não.

— Então eu não preciso de você. Vá embora.

Ela o deixava louco, preso entre o riso e uma necessidade tão profunda que ele mal conseguia respirar. Sloane se inclinou para baixo, roçando a boca sobre sua orelha.

— É só o fato de você estar com dor que me impede de rasgar seu short e te foder tão forte que seus ouvidos vão até zunir. — Afastando-se, ele a olhou nos olhos. — Quando estiver curada, vou te mostrar exatamente o quanto você precisa de mim. — Delicadamente, ele colocou-lhe os fones de volta nos ouvidos, virou as costas e seguiu para o escritório, onde poderia trabalhar e ficar de olho em Kat.

— Ele sabe quem a Kat é.

Sloane mexeu o telefone na mão. A conversa sobre Lee Foster despertava o temor que vinha crescendo nele desde que o vídeo de Kat sendo resgatada pelos repórteres se tornou viral. Ele se levantou de trás da mesa e caminhou até as portas francesas. Ela alongava os braços para cima, curvando-se ligeiramente para trás, menos do que fazia em situações normais. A área com os hematomas atrás das costelas devia estar doendo.

Kat era sua. Não poderia perdê-la.

— Sabe — disse o investigador, forçando a atenção de Sloane de volta para a conversa. — Ele não tem dito nada, mas assiste àquele vídeo de vocês repetidamente.

Porra. Foster estava marcando Kat. Sloane tinha alguns caras no rastro dele, pessoas que ficavam de olho quando o sujeito estava na academia treinando para a luta.

— Quero a fita do treino de hoje.

— Já enviei.

De Kat, Sloane arrastou o olhar de volta para a mesa e baixou o arquivo no laptop.

— Ele se aproximou da Sugar Dancer? Alguma coisa assim?

— Não. Em geral, ele está treinando ou assistindo a gravações das suas lutas e exibições de caridade; tudo em que ele consiga pôr as mãos.

— Mantenham a vigilância. Ele não deve chegar perto da Kat. — Como Olivia voltara para a Flórida, estava em segurança. Foster nunca conseguiria furar a barreira em torno dela. Sloane começou a desconectar.

— Ele foi a um outro lugar.

Os cabelos em sua nuca se arrepiaram.

— Onde?

— O túmulo da Sara.

A fúria invadiu sua alma. Indo ao túmulo para reviver o estupro e o assassinato? Sara não teria paz até que aquele filho da puta estivesse morto.

Sloane interrompeu a chamada e colocou o vídeo do treino no telão da parede. Recostando-se na cadeira, tentou ficar frio e congelar o sangue nas veias. Todos os seus pesares, sua raiva e sua tristeza eram uma distração que poderia tê-lo matado. Em vez disso, ele analisou friamente o poder que Foster havia desenvolvido na prisão. Era um lutador que buscava o nocaute, a vitória rápida, mas não tinha resistência para uma luta de verdade.

Sloane, sim. Brincaria com aquele filho da puta até...

Um suspiro o assustou.

Kat estava nas portas francesas, com o rosto ferido e os olhos arregalados, observando Foster treinar com um parceiro de luta na tela.

— Esse não é você.

— Não. — Ele parou o vídeo. Kat odiava lutas, e inclusive tinha dito que não queria assistir a nenhuma de suas disputas antigas. Mas essa ela precisava ver para saber o que procurar. Sloane estendeu-lhe a mão. — Venha aqui.

Ela deixou cair a toalha sobre a mesa da reunião ao

cruzar a sala e deslizou a mão na sua. O gelo nas veias derreteu com o toque e com a confiança que acompanhavam o gesto. Ele puxou Kat sobre o colo para aquecê-la, agora que havia terminado o alongamento.

— Preciso que você olhe para esse homem à direita.

— Quem é ele?

Sloane nunca quis que essa parte feia de sua vida chegasse até Kat. Ao pressionar o peito em suas costas, ele olhou para o lado incólume de seu rosto.

— Lee Foster.

Ela endureceu.

— O homem que assassinou Sara.

— Isso. Este é o vídeo do treinamento de hoje. Tenho gente atrás dele, e você tem a guarda-costas, por isso ele não deve nunca se aproximar de você. Mas quero que esteja preparada.

Ela ficou em silêncio, analisando a imagem congelada.

— Ele não é tão alto quanto você.

— Ele tinha 1,85 metro e 105 quilos na última pesagem. Seus olhos são azuis, o cabelo é loiro-escuro, normalmente cortado rente, e ele tem uma cicatriz de queimadura no dorso da mão esquerda por causa de um acidente na prisão. Sem tatuagens.

Kat se virou em seu colo.

— Você faz isso todos os dias? Assiste aos vídeos do treino dele?

Embora o medo sombrio mostrasse as garras, Sloane não mentiria para ela.

— Faço. Ele anda assistindo a vídeos das minhas lutas,

qualquer coisa que ele consiga encontrar.

O rosto de Kat empalideceu.

Sloane passou o braço ao redor dela e desligou o vídeo e o computador. Abraçou-a em seguida, desesperado para senti-la de encontro ao seu corpo.

— Eu precisava te mostrar. A Sara não sabia como se proteger, mas você sabe. — Ele estremeceu com o pensamento de Kat ser atacada. — Ele não esperaria que você se defendesse lutando. Essa é sua vantagem. Se fizer o que for preciso para fugir, sem entrar em pânico, Kat, você vai viver. — *Não morra. Não me deixe.* Ele precisava dela.

Ela olhou por cima do ombro para seu perfil rígido.

— Você me mostrou isso sabendo como me sinto em relação ao seu plano? Sabendo que eu não quero que você faça esse tipo de coisa?

— Mostrei. — Ele apoiou o queixo em seu ombro. — Você foi pega de surpresa uma vez num ataque causado pelas confusões do Otário. Você tem o direito de saber para poder se proteger se ele chegar até você, mas ele não vai.

— Assistir... — ela acenou na direção do computador — ... torna tão real. — O estômago de Kat se retorceu com a ideia de Sloane lutar contra Foster.

Matá-lo. Ela precisava mostrar que Sloane não era um assassino. Mas como?

— Você não é ele. Você não é um assassino.

A antiga dor assombrava os olhos de Sloane.

— Eu tenho que ser. Meus investigadores o seguiram

até a sepultura da minha irmã. — O corpo inteiro de Sloane ficou tenso, e os nós dos dedos embranqueceram quando ele agarrou a borda da mesa. — Mesmo morta, Sara não consegue fugir de ser atormentada pelo Foster.

Aquele maldito. Kat o odiava pela dor que estava fazendo Sloane enfrentar. Naquele segundo, Kat queria Foster morto, só não que fosse morto pelas mãos de Sloane. Girando, ela montou sobre seu colo com uma perna para cada lado e o envolveu com os braços.

— Ele não pode ferir a Sara agora. Ela está fora de alcance, mas não está fora de seu coração. Ela sabe que você a ama. — Kat apertou o rosto na pele quente de seu peito e sentiu as batidas do coração na face.

Sloane soltou a mesa e passou o braço forte ao redor de Kat para soltar a presilha de seu cabelo e pentear as mechas com os dedos.

— Quando você se joga nos meus braços assim, eu não quero que você vá embora jamais. Quero ser o homem que você acha que eu sou.

Ela o conhecia. Não conhecia? Também conhecia David. Por anos... e estava errada. Tão errada. Dúvidas escuras e feias fermentavam em seu peito. No entanto, Sloane, que a havia tirado do sério antes, estava lhe fazendo massagem no couro cabeludo e percorrendo os dedos pelos seus cabelos, em movimentos sensuais, até que ela tivesse vontade de gemer com os doces arrepios que eram mais reconfortantes do que sexuais. Ele a abraçou ao redor dos ombros, tomando cuidado com as costelas doloridas.

As dúvidas começaram a derreter.

Esse era o homem que havia passado a noite em claro para observar se havia concussão, aplicando bolsa de gelo enquanto ela dormia, e embalando-a lá fora no deque enquanto ela estava acordada. Kat adormeceu em seus braços e não se lembrava de ter sido levada para a cama.

— Eu sei quem você é. — Kat apoiou a mão em seu peito. Tinha de acreditar que ele iria fazer a escolha certa quando entrasse naquela gaiola com o assassino da irmã, ou ele quebraria ambos.

Sloane puxou suavemente o polegar sobre seu lábio inferior.

— Um imbecil?

— Nem sempre.

Ele curvou a boca num sorriso.

— Eu estava falando sério na praia.

— A parte de arrancar meu short?

Sloane fechou os olhos e mexeu os quadris debaixo dela, fazendo a cabeça dura do pênis roçar seu sexo.

— Pare de me distrair. Nada de sexo enquanto você estiver com dor. — Quando ele levantou as pálpebras, os riscos de âmbar em seus olhos estavam inflamados com a necessidade. — Sabe como eu me senti quando entrei e vi você tentando mover Drake depois de ter sofrido um acidente de carro? Você precisava de alguém para cuidar de você, mas eu precisei lidar com as consequências dessa confusão do esteroide, por isso eu fui para a academia. Apesar de tudo, eu deveria estar aqui.

— Eu te disse para ir à academia. — Sloane ligou para saber como estavam as coisas, e Kat tinha ouvido a tensão em sua voz. Ele precisava liberar a tensão. E, na hora, estava tudo bem com ela e Drake. — Eu mandei a Jane para casa. Drake e eu íamos assistir a um filme no quarto dele.

— Eu entendo, Gatinha. Mas eu quero ser aquele cara para quem você liga mesmo que só esteja tendo um dia ruim. Você poderia ter lidado com tudo sozinha esta noite, mas a questão é que você não precisa.

Suas palavras afundaram nela e incharam até preencher

todos os lugares vazios. Ele queria estar à disposição quando ela precisasse.

Sloane sorriu.

— Mas não pare de gritar na minha cara. Eu gosto.

— Você é estranho. Quando adolescente, eu não tinha permissão para gritar. Tinha que ser civilizada.

Ele passou a mão ao redor de seu pescoço e a puxou para junto de si.

— O que temos não é civilizado. É cru, verdadeiro e honesto. Você é minha garota confeiteira que me pediu para levar palmadas na bunda... E depois para apanhar na boceta. Entre nós sempre só vai existir a entrega. Sempre. — Seus olhos brilhavam, e o pênis pulsava.

Afogando-se no desejo de Sloane, ela cravou os dedos em seus ombros.

— Agora é você quem está se contendo. Estou sentindo como você está duro. Podemos tomar cuidado.

Ele emoldurou seu rosto e a embalou nos braços delicadamente.

— Isso não é contenção. É expectativa de tirar sua roupa e te comer até você gritar meu nome. — Ele pressionou mais e roçou seus lábios nos dela. — Vou estar sempre à sua disposição, perdendo o controle, mergulhando meu pau em você e gritando que você é minha. — Ele relaxou na cadeira. — Isso vale a pena ter que esperar até você estar curada.

A torrente de amor e calor escaldante a deixou sem fôlego. Era muito, muito poderoso.

E poderia destruir ambos.

Capítulo 07

Terça à tarde, Kat parou na porta do quarto particular no hospital antes de entrar.

— Ethan?

— Kat. — O rapaz estava pálido, com alguns ferimentos e muito cansado na cama. Ele tirou o som da TV. — O Sloane está com você?

A esperança e o medo deixavam sua voz entrecortada. Ele estava duvidando que Sloane viria?

— Ele ficou de me encontrar aqui. Tudo bem se eu esperar com você?

— Claro.

Kat entrou no quarto.

Ele arregalou os olhos.

— Ah, droga, seu rosto.

Ethan parecia muito aflito. Kat tentou brincar e fazê-lo se sentir melhor.

— Você deveria ver o outro cara. Ele está no hospital.

— Provavelmente ele merecia. — Ethan afastou os olhos para a janela.

Esse garoto estava carregando culpa demais.

— O que você merece é que seus amigos, as pessoas que se preocupam com você, estejam aqui agora. — Era por isso que Kat havia fechado a loja mais cedo e tinha vindo visitá-lo. Sloane havia dito que Ethan estava enfrentando uma barra. O cardiologista estava preocupado com a depressão.

Kat entendia tudo aquilo muito bem. Mas havia recebido ajuda de uma rede de apoio com quem ela podia contar. Claro, havia enfrentado problemas com David, mas sua família exigiu que ela tivesse os melhores cuidados. Kat sabia que iria para a casa de seus pais.

Até onde ela sabia, Ethan não tinha família por perto. Sloane mencionou que o haviam encontrado aos dezesseis anos.

— O Drake queria vir te ver hoje. Tiramos essa ideia da cabeça dele, o que envolveu promessas de picolés de cereja e os bolos e biscoitos que quisesse, mas ele acabou concordando em esperar para vê-lo quando você voltar para casa, daqui a um dia ou dois.

— Você acha que o Sloane vai me deixar voltar para a casa de hóspedes? Até eu encontrar algum outro lugar? — Inclinando a cabeça para trás sobre os travesseiros, ele acrescentou: — Eu não sei como vou pagar todas as despesas médicas.

O peso da preocupação daquele menino era tão espessa que quase estrangulou Kat.

— Ah, Ethan...

— Você vai voltar para casa — Sloane a interrompeu ao entrar no quarto. Parou ao lado dela, e sua presença foi suficiente para espantar um pouco do medo persistente de Ethan. — Você tem seguro-saúde como meu motorista. Tudo está coberto.

Kat sabia que não era bem assim. Haveria algumas contas a serem pagas, mas suspeitava que Ethan nunca as veria.

Sloane pôs a mão no bíceps do rapaz.

— Nem pense em voltar para sua luta clandestina. O John e eu vamos te encontrar, e prometo que você não vai gostar quando fizermos isso.

Kat ficou rígida ao presenciar o tom áspero de Sloane. Ele tinha acabado de ameaçar Ethan?

— Mas as minhas chances no UFC acabaram. Não vou conseguir liberação médica com um problema cardíaco. Eu não tenho mais nada.

Kat olhou para Sloane. A cicatriz ao lado de sua boca estava branca.

— Você fodeu com tudo. — Ele passou a mão pelo rosto. — O que eu não entendo é por quê. Você é bom, não precisa dessa merda.

Ethan olhou para Kat, e depois para a TV silenciada na parede.

Essa foi a deixa para resolver lhes dar um pouco de privacidade. Seu coração doía por Ethan. Ela queria abraçá-lo e dizer que tudo ficaria bem, mas não era assim tão fácil. Apesar de tudo, por que Sloane tinha que ser tão duro? Lutando contra o desejo de pedir que ele fosse mais afável, ela disse:

— Preciso sair para dar um telefonema. Volto para ver como vocês estão daqui a pouco.

Estava a caminho da porta quando ouviu Ethan dizer:

— Eu queria ser como você. Você me deu essa chance, e eu não queria arruinar tudo. — Sua voz falhou.

Kat se encostou na parede fora do quarto e fechou os olhos. Ela sabia o que era tentar se esforçar tanto para viver de acordo com uma ideia que se pensava que as outras pessoas queriam de nós. Havia tentado com os pais, especialmente com sua mãe. E com David também. Porém, sabia que não funcionava — levava a decisões ruins — e, para Ethan, isso tinha sido usar os esteroides. *Por favor, Sloane, entenda que o menino te venera. Ele precisa de você.*

— Jesus, filho. — A voz de Sloane fluiu pela porta aberta. — Você não entende. Você não fracassou comigo. Eu estou aqui por você, não importa o que você faça. — Houve uma pausa, e, em seguida, Sloane continuou: — Com essa ideia idiota, você falhou consigo mesmo. Agora, eu não vou deixar você sair da minha vista até termos passado por tudo isso e descobrirmos o que você quer fazer com o seu futuro. Assim que você estiver bem, vai poder voltar a ser o meu motorista até que tome sua decisão.

Uma corrente de amor cálido por Sloane encheu suas veias e relaxou seus músculos. Afastando-se da parede, ela se dirigiu à sala de espera. Passou por um grupo de elevadores e lançou um olhar para duas pessoas à espera.

Uma corrente de espinhos gelados deslizou pelo lado direito de seu corpo. Um medo súbito e quente apertou seu peito. Linhas onduladas margearam sua visão. Sua frequência cardíaca aumentou até que fosse possível sentir cada pulso por todo o corpo.

Duas pessoas à direita. Uma mulher com roupa de hospital.

E ele. O homem da foto. O homem que puxou David de lado e lhe disse: *Consequências, Dr. Burke.*

Seria possível ou era apenas a imaginação de Kat? Logo em frente estava uma sala de espera com cadeiras de madeira e almofadas de cor borgonha. Kat poderia ir direto até lá e se sentar em uma delas. Dizer a si mesma que estava tendo um ataque de pânico. Não era real, era apenas fruto do aborrecimento por causa de Ethan. Droga, talvez fosse uma reação tardia ao acidente de carro.

Kat deveria correr. Se esconder.

Ou poderia enfrentar o passado. Descobrir a verdade.

Ao mesmo tempo em que todos esses pensamentos conflitavam em sua mente, Kat virou a cabeça.

Ali, emoldurado pela porta aberta do elevador em frente, estava aquele homem. Mais alto do que Kat, talvez 1,80 metro, o rosto alongado que terminava num cavanhaque escuro, e os olhos...

Como chocolate tão congelado que uma mordida quebraria os dentes.

Não conseguia respirar, não conseguia sugar o ar. Linhas curvas perseguiam sua visão. Quase conseguia enxergar o taco de beisebol pronto para atingi-la. *Não, por favor, por favor!* Sua voz interna falhou. Kat gritava, implorava, sentindo-se tão confusa e aterrorizada.

Piscou algumas vezes para afastar o *flashback*, focando a visão no elevador e no homem que a encarava. As portas começaram a deslizar para o fechamento.

Ele se moveu, suas mãos seguraram as portas e a impediram de se fechar.

O homem viria até ela?

— Não. — Kat assustou-se com a própria voz que irrompia do medo que a mantinha refém. *Sem entrar em pânico, Kat, você vai viver.* As palavras de Sloane, na noite anterior, a impeliram à ação. Sloane estava ali, ao fim do corretor.

Vá até ele.

Ela girou, tentou correr, mas a perna quase fraquejou.

Segurou-se na parede, reencontrou o equilíbrio e continuou em frente. Depressa. Desesperada. *Não olhe para trás.*

Ele a estava seguindo?

— Ele se chama Finn. Só o vi algumas vezes. Foi o cara da academia que me deu o contato.

Sloane mantinha a voz calma. Responder às perguntas era bem estressante para Ethan.

— Um dos meus lutadores? — A que profundidade os esteroides haviam penetrado na sua organização?

— Não. Só um cara que treinava lá. Conversamos algumas vezes e ele me falou sobre um Finn que vendia esteroides que não apareciam nos exames *antidoping*. Ele me deu um número de celular com registro.

— Vou precisar desse número. O que esse Finn...? — Sloane parou de falar ao ouvir passos arrastados e uma respiração ofegante atrás de si. Girou na hora. Tudo o que viu foi Kat, branca como um fantasma, antes de cair em seus braços. Ele a pegou automaticamente.

Jesus Cristo, ela estava tremendo. Ninguém a estava seguindo até aquele quarto, então que merda tinha acontecido?

— O que aconteceu com ela?

Sloane voltou os olhos para Ethan. Droga, o menino não precisava de mais estresse.

— Ataque de pânico. Está tudo bem. — Sloane a pegou nos braços e sentou-se numa cadeira, com Kat no colo. Em seguida, enfiou a mão por dentro da camiseta e abriu os dedos em suas costas suadas. Logo, Sloane sentiu a preocupação lhe dar uma fisgada na espinha. Tinha acontecido alguma cosia. — Olhe pra mim.

Ela ergueu a cabeça. Suas pupilas estavam dilatadas, e seus olhos se inundavam de ansiedade.

— Isso, agora respire. Estou aqui. — A necessidade de verificar os corredores para ver o que a havia assustado conflitava com sua necessidade de acalmá-la e confortá-la.

— Ele. Eu o vi. — A voz de Kat saiu áspera, e a pulsação em sua garganta dava saltos esporádicos. Ela enrolou-se apertado nele, mais assustada do que ele jamais a tinha visto.

— Quem?

— O homem da foto.

Sloane foi inundado por uma explosão incandescente.

— Onde? — Aquele maldito que havia machucado Kat estava nesse hospital? Perto dela? Agora a fúria assassina voltava a acender em sua cabeça. Sloane levantou da cadeira e chegou à porta em duas passadas, com Kat ainda nos braços. Ele a colocou com cuidado sobre os pés enquanto fazia uma varredura do corredor que a havia deixado apavorada.

— Ele se foi. Estava no elevador. — Ela afundou os dedos em seu braço. — Não me deixa aqui, por favor.

A súplica desesperada permeou a vontade fervente que Sloane tinha de matar alguém. Inspirando fundo, ele se virou para Kat.

— Não vou te deixar, querida. Se o Ethan não estivesse doente, ele te protegeria e eu acabaria com a raça daquele filho da puta. — Ele a puxou nos braços, segurando-a junto a si num abraço. — Mas não vou te deixar desprotegida. Você sabe disso.

O coração de Kat martelava no peito de Sloane, embora seu tremor estivesse diminuindo e ela estivesse começando a relaxar em seus braços.

Ela havia corrido para ele. Direto para ele. Havia se jogado em seus braços, sabendo muito bem que ele a seguraria. Abraçaria. Protegeria.

Amaria.

E como ele a amava. Sloane nunca havia se sentido tão poderoso e completo antes. Nem mesmo quando vencia campeonatos. Não até agora. Kat, sua linda sobrevivente, que fazia um esforço tremendo para ser forte, confiava nele a ponto de lhe procurar para obter apoio quando precisava. De deixar que Sloane fosse forte por ela até que ela conseguisse segurar a onda sozinha. E conseguiria, ela sempre havia conseguido. Mas Kat lhe dava a chance de ser sua força por alguns minutos, enquanto se recuperava.

Sloane daria um tiro no próprio saco antes de decepcioná-la.

O sujeito agora tinha ido embora, por isso Sloane a levou de volta para o quarto e encontrou Ethan observando-o de forma impressionada. Ethan tinha dirigido o carro algumas vezes em que Sloane estava acompanhado de mulheres. Não tinha como não notar que, embora Sloane mantivesse certa distância dessas mulheres, no que dizia respeito à Kat, ele a havia trazido para o centro de sua vida. Então, por que o olhar de choque no rosto de Ethan?

— O que foi?

— Você faria isso? — Ethan perguntou. — Ainda?

Sloane colocou Kat ao seu lado, pegou o celular e procurou entre os contatos, ainda sem desviar o olhar da porta.

— Fazer o quê?

— Confiar em mim para proteger a Kat?

Sloane forçou seus olhos para a cama. Ethan havia cometido um erro, sim, mas isso não mudava quem ele era.

— Você a protegeria?

O olhar de Ethan ficou solene.

— Com a minha vida.

— Então, sim. — Ele fez a chamada. — Liza, entre em contato com o Jack, na McVey Investigations. O homem que vimos na foto que eu enviei ao Jack no sábado foi visto no hospital há alguns minutos. Quero que façam buscas e que analisem as imagens do circuito de segurança. — Ao desligar o telefone, ele voltou-se para Kat: — Você pode me dizer o que aconteceu, o que o homem estava fazendo? Ou precisa de alguns minutos?

As pupilas dilatadas estavam voltando ao normal.

— Eu estava andando na frente dos elevadores e seguindo para a sala de espera, quando avistei duas pessoas paradas ali. Tudo aconteceu meio que rápido demais. Eu já tinha me virado e dado outro passo quando comecei a entrar em pânico. Como se meu subconsciente percebesse o que eu via antes que meu cérebro acompanhasse.

Seu discurso tinha começado a ficar mais lento, a ser interrompido, mas agora ela estava falando depressa. Ele ouvia, deixando que ela contasse a história do seu jeito.

— Quando eu me virei para olhar, ele estava no elevador me encarando. Como se me conhecesse. O ataque de pânico me atingiu com força, junto com os *flashbacks*. Não consegui me mexer até vê-lo erguer a mão para impedir as portas de fecharem. — Ela colocou a mão no peito de Sloane. — Ouvi suas palavras na minha cabeça me dizendo para não entrar em pânico, para viver. Eu precisava chegar até você.

Sloane cobriu-lhe a mão. Lutou para conseguir fazer a voz sair.

— Era exatamente o que você precisava ter feito.

— Você acredita em mim.

Não era uma pergunta.

— Em cada palavra. — Ela poderia estar errada, o cara poderia apenas se parecer com o homem de quem ela se lembrava, mas não era o que Sloane pensava. — Já que você o viu, sabemos que ele está aqui na cidade, e meus investigadores vão encontrá-lo. Talvez esteja visitando alguém no hospital. Eles vão descobrir. Deixe-me só terminar com o Ethan e vamos partir para resolver isso.

Ela assentiu, inclinou-se para abraçá-lo e depois se afastou.

Sem chance. Ele a abraçou ao lado do corpo com um braço ao redor dos ombros, onde sabia que ela não estava com dor. Virando-se para Ethan, ele disse:

— Onde a gente estava?

— Finn.

— Certo. — O cara que vendia os esteroides modificados ao Ethan. — Que aparência ele tem? — Precisava de todos os detalhes que o garoto pudesse lhe dar.

Ethan mexeu nervosamente com a fita que prendia o acesso intravenoso no dorso de sua mão.

— Tem 1,80 metro, no máximo. Usava boné de beisebol ou gorro quando eu o via. Olhos castanho-escuros. — Ao soltar a fita, ele coçou a barba de três dias no queixo. — Tinha um cavanhaque.

Kat ficou dura.

— Circular? — Afastando-se do ombro de Sloane, ela passou o dedo ao redor do queixo e do lábio superior. — Cortado rente?

Os cabelos na nuca de Sloane se eriçaram.

Ethan franziu o cenho.

— Isso, acho que era. Por quê?

Kat enfiou a mão no bolso do jeans e tirou o celular.

— Espera, eu tenho aqui...

Sloane apoiou a mão no quadril de Kat, dando-lhe espaço para manusear o aparelho. Quando ela tocou na tela para aumentar a foto, Sloane viu o homem do quarto de hospital. Aquele que ela acabara de ver no corredor. Cavanhaque circular exatamente como ela havia perguntado a Ethan. Será que era possível? Será que era o mesmo cara envolvido no ataque contra Kat, o que tinha alguma conexão nefasta com David, o mesmo que vendia esteroides?

Sloane encontrou os olhos de Kat.

— Mostre.

Com a mão firme como rocha, ela estendeu o aparelho.

Ethan se inclinou um pouco para frente para poder ver com cuidado.

Um segundo se passou. E mais um.

Por fim, Ethan respondeu:

— Esse é o Finn.

Kat baixou a mão e se virou, seus olhos azul-esverdeados estavam radiantes, e suas faces, rosadas.

Sloane não conseguia desviar os olhos. A mulher em pânico que ele havia segurado nos braços poucos instantes antes havia desaparecido e dado lugar à força que agora florescia em Kat. Havia uma corrente elétrica que os ligava, uma força poderosa que mantinha Sloane refém.

— Lembra de quando você me perguntou se eu era boa o bastante para fabricar esteroides sofisticados?

O que ele se lembrava era de ter derramado suas preocupações e sua culpa em Kat, de lhe dizer que ele não sabia que Ethan estava usando substâncias. E ela o havia confortado. A mulher acabara de passar por um maldito acidente de carro horas antes daquele momento, estava com dor, sofrendo, mas ela o confortou. Naquele único instante, quando a magnitude de seu fracasso com Ethan tentava afogá-lo, Kat havia sido seu bote salva-vidas.

— Você disse que não.

— Eu não, mas o David é.

Capítulo 08

Kat sentou-se na cadeira ao lado da cama de Ethan, sentindo a mente rodar. As coisas estavam fazendo sentido tão rápido que ela mal conseguia recuperar o fôlego.

— Ele fabricaria a substância na SiriX? — perguntou Sloane.

— Não. Talvez anos atrás, mas não hoje em dia. A SiriX cresceu demais e por isso passa por muitos controles. Ou ele está fazendo em algum outro lugar, ou está dando consultoria sobre como fazer. — Kat franziu a testa, pensativa. — Preciso do meu pen drive antigo.

— Onde ele está e por quê?

— No meu armário na casa dos meus pais. — Sua pulsação estava errática. — Eu trabalhei em... — A implicação total era perturbadora. — Meu Deus, eu vou matá-lo. — Ele a havia usado, e Kat tinha sido estúpida e deslumbrada demais para se dar conta.

— O quê?

Ela respirou fundo.

— Algumas pesquisas mostram que hormônio de crescimento humano diminui a perda de memória no estágio inicial do Alzheimer, enquanto os esteroides anabolizantes aceleram a progressão. Eu trabalhei em testes com as duas coisas quando estava na equipe do David. — Kat se levantou e caminhou ao longo da cama de Ethan. O jovem parecia cansado, mas ela precisava saber. — Você usava combinações de esteroides, não era?

— Usava. Eu tomava comprimidos por via oral e aplicava injeções seguindo uma certa agenda, e depois parava tudo por um período.

Ela assentiu e se voltou para Sloane. Ah, sim, agora tudo estava voltando.

— O David me fez realizar testes num protocolo de uso combinado e cíclico de esteroides anabolizantes que aceleravam a progressão da degeneração das células cerebrais vista no Alzheimer. Então, numa segunda amostra de teste, incluímos um agente bloqueador que ele desenvolveu como parte do ciclo. A teoria de David era que, se pudesse desenvolver uma droga que bloqueasse com sucesso a destruição das células saudáveis do cérebro causada por uso prolongado de esteroides, então ele também poderia bloquear a destruição causada pelo Alzheimer.

Sloane ficou parado, mas seus músculos estavam tensos como se prontos para explodir.

— E deu certo?

— Não. Tudo o que conseguiu foi produzir urina limpa. — Como ela podia ter sido tão idiota? Tão ingênua. — Não percebi o que ele estava fazendo de verdade, que era descobrir como burlar os exames toxicológicos.

— Meu Deus. — Sloane passou a mão pelo cabelo. — Isso valeria uma fortuna. E definitivamente vale o preço de ir atrás de você se o Dr. Otário resolvesse foder com o Finn, e o Finn quisesse mantê-lo na linha.

— *Consequências, Dr. Burke.* Foi isso o que Finn disse. Porque David estava pisando na bola com eles.

— Talvez exigindo mais dinheiro. Fazendo ameaças. Quem sabe? — Sua voz suavizou para o estado de morte líquida. — O que eu, de fato, sei é que você pagou o preço, e isso não vai acontecer de novo. — Ele cruzou os braços. — O que aconteceu com os resultados dos testes?

— Foram destruídos.

Ele estreitou os olhos.

— Então, o que está no seu armário na casa dos seus pais?

Ela havia feito uma coisa certa, uma estranha combinação de orgulho e constrangimento misturados com sua fúria contra David e contra si mesma por ser tão tonta.

— O David é tão brilhante, que eu o admirava como algumas garotas fazem com as estrelas de rock. Mantive a fórmula comigo porque pensei que seria importante para um outro projeto dele algum dia.

Sloane travou o olhar com o de Kat e cruzou a distância que os separava. Essa intensidade que ele transparecia fazia as terminações nervosas dela faiscarem; era como se estivessem sozinhos naquele quarto. Um sorriso ergueu os cantos de sua boca enquanto ele passava os dedos por seu queixo e fazia Kat sentir arrepios por todo o corpo.

— Você é infinitamente mais inteligente do que a sua família ou o Dr. Otário acreditam. Não importa o que aconteça agora, não se esqueça disso.

Sloane tinha orgulho dela. Estava chamando-a de inteligente.

Ele a amava.

Kat se apegou ao sentimento glorioso por alguns segundos inestimáveis. Em seguida, ela enrijeceu a coluna ao ser inundada novamente pela realidade.

— Tenho que contar aos meus pais. Avisá-los. Mostrar o que eu tenho.

Sloane lhe afagou o rosto.

— Você é melhor do que eles. Seus pais não te ofereceram apoio.

Kat agarrou-se ao pulso de Sloane.

— Eles deram apoio do jeito deles. Cuidaram de mim quando eu estava ferida. Eles só não acreditaram em mim. Não podiam. — Ainda doía. — O David era a chave para o futuro da SiriX, enquanto eu era apenas a filha comum, a criadora de problemas. — Um músculo saltou no maxilar de Sloane. Ela precisava que ele entendesse. — Nós não somos como nossos pais. Não vou ignorar os sinais de que eles podem estar em perigo. Assim como você mantém sua mãe protegida, mesmo que ela não tenha protegido você ou Sara quando vocês eram crianças. É assim que somos. — Mas se Olivia entrasse na loja de Kat novamente e chamasse Sloane de assassino, o rosto da mulher se chocaria com as vitrines da confeitaria com bastante força.

A expressão de Sloane relaxou, e ele inclinou a testa na de Kat.

— Eu entendo. Vou com você.

— Eu sei.

Ele curvou os lábios.

— Preciso falar com os investigadores que a Liza vai mandar e também providenciar a segurança do Ethan. Vou mandar alguém levar meu carro para casa e pegar o seu para irmos à casa dos seus pais.

Kat entrou na casa com Sloane ao lado, e seus pais

seguindo atrás. Em menos de cinco minutos, ela já havia se dado conta de que palavras eram inúteis. Eles não acreditavam nela, por isso ela teria que mostrar.

Seu pai pegou seu braço conforme ela seguia em direção à escada do lar de sua infância.

— Querida, você sofreu um acidente de carro há apenas alguns dias. O ferimento no seu rosto mostra que você bateu a cabeça de novo. Com seu histórico de concussões e problemas emocionais relacionados a elas, essa obsessão não é boa para você. — Seu pai disparou um olhar sombrio para Sloane, que estava logo ao lado.

Ela ignorou o comentário neurótico.

— Isso não é culpa do Sloane.

— Você estava se acalmando antes de conhecê-lo. Ele está sendo uma influência negativa, porque agora você, de repente, começou a guardar segredos e se tornou ainda mais paranoica.

Ela se encolheu.

— Guardar segredos?

Sloane passou o braço ao redor dos seus ombros, uma presença sólida e cálida ao seu lado.

— Você não nos contou que sofreu um acidente de carro. — A raiva faiscava nos olhos de sua mãe. — Tivemos que descobrir no noticiário. Depois a SiriX foi ligada a esse — ela inclinou a cabeça em direção a Sloane — escândalo de *doping*.

— Não liguei porque eu estava bem. Os médicos me liberaram. E foi a mídia que fez a conexão, não Sloane. — Kat endireitou a postura. — Mas acho que existe, sim, uma ligação. O David estava envolvido com a fabricação de esteroides modificados para o homem de quem eu acabei de falar para vocês, Finn. Eu mostrei a foto. Ele estava no hospital. A Amelia também o viu.

Seu pai tirou os óculos e esfregou os olhos.

— Pense, Katie. Você nunca disse nada antes sobre David estar envolvido com esteroides, não até esse acidente, quando você disse que o motorista usava esteroides. Você está fazendo conexões entre histórias que não existem e não têm nenhuma relação.

— A Kat não tem nenhum problema psiquiátrico, nem sofre de alucinações; ela está tentando ajudar vocês. — A voz de Sloane penetrou fundo na tensão cada vez maior no ambiente. — Mas vocês estão aqui tentando convencê-la de que ela é louca, em vez de correrem para o quarto dela e verem o que existe nos arquivos que ela guarda lá. Por isso, eu só posso ficar me perguntando quem é que está realmente com medo da verdade aqui.

O pai de Kat ficou com o rosto corado de raiva.

— Não se atreva a...

— William — a mulher interrompeu. — Estamos todos cansados e estressados. Vamos logo resolver isso. — Ela entrou na frente de Kat. — Depois disso, Kathryn, você e eu vamos ter uma conversa. Essa bobagem sem sentido já está se estendendo demais. Você quase conseguiu convencer o Marshall a acreditar nas suas ilusões. Isso tem que acabar.

Ela olhou nos mesmos olhos que via no espelho todos os dias. As duas eram parecidas, e ainda assim, muito diferentes.

— Quando eu era pequena, eu queria muito ser igual a você. Eu te via se preparar para o trabalho todas as manhãs e sonhava com o dia em que eu faria o mesmo.

Uma expressão de surpresa suavizou os contornos duros do rosto de sua mãe, mostrando uma beleza que Kat não via há muito tempo.

— Mas eu não era como você, mãe. E não sei quem ficou mais decepcionada com isso, você ou eu. — Kat se virou, seguiu para o quarto e percebeu que a última parte não era verdade. Kat havia aprendido a gostar de si mesma, a gostar da mulher que ela estava lutando para ser. Em grande parte, porque se via pela lente dos olhos de Sloane. Ela o amava por causa dessa dádiva.

Uma vez no quarto, Kat colocou o laptop em cima da cama e depois encontrou a caixa no armário. Sloane passou o braço ao seu lado e ergueu a caixa para ajudá-la. Ao tirar a tampa, ela sentiu como se levasse um soco de nostalgia e fosse atingida por uma dor antiga. Com cuidado, pegou a caixinha de música que tinha um coração cor-de-rosa em cima. Assim que abriu a tampa, a bailarina surgiu. Kat sentiu um nó se formar na garganta.

Sloane pressionou o corpo contra o dela.

— Você está bem?

Ela tocou a pequena silhueta.

— Minha avó me deu essa caixinha de música depois do meu primeiro recital na sua escola de dança. Disse que eu era bonita como essa bailarina. — Aquilo tinha um significado muito profundo para Kat, pois seus próprios pais estavam ocupados demais para ver suas tentativas infantis de dança.

Sloane se curvou para baixo e observou a pequena dançarina.

— Ela é bonita. — Após endireitar novamente a postura, ele a olhou nos olhos. — Mas você é linda.

Uma tensão sensual emanava de um para o outro, provocando um arrepio na pele de Kat, e quase fazendo o ar zunir. Seus pais estavam na porta, provavelmente sentindo o fogo do desejo que fluía entre Kat e Sloane.

— Obrigada. Assim que tudo se assentar, vou levar isso para a minha casa. Colocar no meu quarto.

Sloane tocou-lhe o cabelo, passando os dedos pelo comprimento.

— Leve a caixinha de música com a gente hoje. Coloque no quarto, ou onde você quiser; ela vai ficar segura lá.

Kat não conseguia se afastar de seus olhos. A ideia de colocar seus objetos especiais na casa de Sloane, o lugar onde ele costumava levar as outras mulheres... Estavam tornando aquilo muito sério, vivendo numa esperança de o que tinham juntos agora era forte o suficiente para sobreviver à prova do que ele faria com Foster: matá-lo ou não.

— Kathryn, achei que você tinha algo para nos mostrar.

O tom condescendente de sua mãe quebrou o momento em pedaços. Kat abriu a gavetinha na base da caixa e tirou um pen drive. Depois de guardá-la com cuidado, ela espetou o drive no computador e se concentrou em verificar a lista de nomes, informações e fórmulas que copiaria.

Ah, ali estava.

— Bloqueador EAA.

— Esteroides anabólicos androgênicos. — Sua mãe empurrou a caixinha de lado e sentou-se ao lado de Kat. — O que tem isso?

— Um dos experimentos em que eu trabalhei. David fez parte dos estudos que mostravam que o uso prolongado de anabolizantes pode acelerar a progressão do Alzheimer.

— A SiriX fez uns testes, sim.

Kat tinha a atenção de sua mãe. Até mesmo seu pai havia se aproximado. Bolhas muito pequenas de esperança começaram a inflar dentro dela. Talvez lhe dessem ouvidos.

— O David fez testes para encontrar formas de bloquear a progressão do dano cerebral causado pelos esteroides anabolizantes, com uma hipótese de que poderia levar a encontrar uma forma de bloquear a destruição dos neurônios causada pelo Alzheimer.

Diana estreitou os olhos, e, ao redor deles, surgiram linhas de expressão.

— Ele nunca mencionou isso para mim. Não parecem as teorias do David.

— Eu acreditei nele. — Fisgada e bem presa. — Fizemos testes utilizando a formulação do David, mas não deram certo. Entretanto, descobrimos um efeito colateral: o agente bloqueador escondia o esteroide da urina. — Kat clicou no arquivo e abriu a fórmula; em seguida, deslizou o computador para o colo de sua mãe. — Se eu entregar isso aqui para o laboratório que Sloane está usando para testar os esteroides do Ethan, aposto que os produtos vão bater.

Conforme sua mãe lia, Kat se levantou e caminhou até a porta.

— O David vendeu essa fórmula, ou é ele quem a está fabricando.

— Você está tornando isso maior do que é.

O desdém de seu pai tocou um ponto nevrálgico, o mesmo que a havia feito aguentar uma vida inteira de não ser levada a sério. Kat girou nos calcanhares e encarou o pai com metade do quarto separando-os.

Pareciam quilômetros em vez de centímetros. Ela inspirou fundo para se acalmar.

— E se eu estiver certa? Essa coisa toda está vindo à tona. O David anda mentindo por anos, e não apenas para mim. — Uma raiva renovada começava a bombear por seu corpo. — Ele está arriscando todo o trabalho de vocês e todo mundo na SiriX. Ainda pior, o Finn mandou seus capangas me baterem com um taco de beisebol, depois apareceu no meu quarto de hospital. Quem garante que ele não vai ferir vocês ou qualquer outra pessoa por desespero? — Ela amava os pais. Morreria se acontecesse alguma coisa com eles.

— Ou que não vai atrás de Kat de novo? Ele sabe que agora ela se lembra de quem ele é. — Os braços de Sloane estufaram debaixo da camisa social. — Ninguém vai te machucar de novo.

Do outro lado do quarto, o toque dos seus olhos e a sensação das suas palavras envolveram Kat como uma carícia.

— Não posso acreditar nisso. — Sua mãe estava pálida. — É um engano. O David não faria isso. Ele está comprometido com a melhoria da qualidade da vida humana por meio de drogas terapêuticas. — Ela se levantou, e agora a cor começava a manchar suas faces pálidas. — Por que você está fazendo isso? Estamos tão próximos do objetivo com a SiriX, e você quer destruir tudo... décadas do meu trabalho e do trabalho do David, a família... por quê? O que te faz nos odiar tanto?

Kat congelou diante da amargura de sua mãe.

— Eu não odeio vocês. — As palavras enroscaram na garganta.

— David é um bom homem. Ele deu a vida pela SiriX, tentando ajudar as pessoas, enquanto você desistiu de tudo para poder vender às pessoas doenças cardíacas e diabetes num pacote bonito.

Ela cambaleou para trás, desesperada para fugir da dor lancinante de cada palavra.

— Diana, pare com isso. — O marido puxou seu braço. — Katie...

— Sua opinião também é essa? Que minha confeitaria não é nada? Que eu não sou nada? — Um vazio negro se abriu e Kat teve de se proteger. Ela não queria sentir tamanha desolação. Não podia. Era mais fácil se retrair emocionalmente, deixar o torpor cinzento envolvê-la.

— Eu não disse isso. Acalme-se...

— Isso é balela. — Sloane alcançou Kat em algumas

passadas. Com as mãos em seus ombros, ele se curvou até ficar cara a cara com Kat e sustentar seu olhar. — Você não é nada, Kat? A mulher que sobreviveu a um ferimento devastador, os ataques de pânico incapacitantes e construiu a Sugar Dancer: ela é nada? E quanto à mulher que se lançou nos meus braços para me reconfortar?

As perguntas espantaram o torpor, descortinaram sua resiliência. Ainda doía, e Kat suspeitava que sempre doeria saber que seus pais pensavam que ela era inútil. Mas ela estava construindo a própria vida, enchendo seu mundo de pessoas que se importavam com ela e que ela amava.

— Eu não sou nada.

Seus olhos, que apenas segundos antes reluziam com uma raiva quase incontrolada, agora estavam aquecidos a ponto de Kat jurar que conseguia ver traços da mais pura luz do sol dançando nas profundezas castanho-claras.

— Droga, você é tudo o que eu tenho. E qualquer um que te diga alguma coisa diferente é um idiota patético.

No reflexo de seu olhar, ela se enxergou. Kat havia usado sua melhor jogada para tentar convencer os pais, mas não era obrigada a ficar ali e ouvir que ela era inútil.

— Vamos para casa. — Na casa de Sloane, Kat sentia-se valorizada. Era lá que ela queria ficar.

Porém, tinha mais uma coisa que ela precisava fazer e, assim, virou-se para os pais:

— Acho que eu sempre soube que, se chegasse a um ponto de escolha entre mim e David, vocês escolheriam o David porque ele tem mais a contribuir com a verdadeira filha do seu coração, a SiriX.

— Isso é ridículo. Nós criamos você, amamos você...

Ela ergueu a mão, interrompendo a fala do pai. Agora eles iriam escutar o que Kat tinha para dizer.

— Espero que vocês ouçam isto: o David é uma ameaça para a SiriX. Descubram o que ele está fazendo e protejam o que vocês puderem da empresa, assim como as pessoas que trabalham lá, e aqueles que dependem dos medicamentos descobertos e produzidos por ela. — Agora sim tinha terminado. Kat pegou a mão de Sloane, seguiu pelas escadas e saiu em direção à entrada de carros por um trajeto longo e curvo.

No meio do caminho até o carro, ela fez uma careta.

— Droga, eu saí sem meu computador. Sou péssima em saídas dramáticas.

Sloane parou e entregou as chaves.

— Entre no carro, eu vou buscar o computador.

Ela tentou pegá-lo pelo braço, mas ele já estava fora de alcance.

— Sloane, não. — Nada bom poderia acontecer se ele entrasse de novo na casa com os pais dela lá.

Tarde demais, ele havia desaparecido para dentro da porta da frente, sem se importar em bater.

Deveria ir atrás? Detê-lo? Alguns segundos se passaram, enquanto ela se mantinha no lugar, agarrada às chaves do carro. Sloane não perderia o controle diante de seus pais, não importava o quanto eles o provocassem. Seu autocontrole era formidável.

Ainda assim, ele já tinha saído do sério com ela, gritando quando entrou em casa e a encontrou ajudando Drake depois do episódio em que ele passou mal. Seus lábios se curvaram quando ela se lembrou de Sloane esbravejando e de sua resposta na lata. Porque ela confiava nele.

E confiava nele agora para dar conta de recuperar o laptop sem tornar as coisas piores com seus pais.

Ao perceber que não tinha necessidade de ficar ali

parada como uma estátua, ela começou o caminho até o carro, destravando as portas com a chave. Por mais que estivesse magoada com a reação de seus pais, isso não significava que ela desistiria de uma vez por todas. Assim que alcançou-o, decidiu mandar um e-mail para Marshall com o arquivo da fórmula de David e falar com ele.

Kat ouviu passos leves e sentiu-se inundada por uma sensação de alívio. Sloane já estava de volta.

— Você pegou...?

— Katie, sou eu.

Os pelos do braço dela se eriçaram. Não era Sloane, era David. Kat girou e deu de cara com o próprio, dando a volta na frente do carro. Por que ele estava vestindo o avental de laboratório? *Deixa isso pra lá*, ela não o queria perto demais.

— Para. — Rapidamente ela olhou para a porta da frente. Avaliou a distância em algo como dez metros.

Nunca chegaria lá com a maldita perna.

Ele hesitou a alguns passos de distância.

— Preciso falar com você e com seus pais. Já resolvi tudo.

A luz tênue do jardim refletia nas lentes dos óculos de David, aumentando os espasmos do olho esquerdo. O avental de laboratório pendia de seus ombros magros.

— Resolveu o quê? — Tudo o que ela precisava era ganhar um pouco de tempo. Sloane apareceria a qualquer segundo.

Ele avançou bruscamente e a pegou pelo bíceps.

— Vou explicar lá dentro.

Kat puxou o braço.

— Não me toque. — Mas ele estava apertando forte. A

sensação de estar aprisionada acionou o pânico em seu peito. Os batimentos cardíacos dispararam, enlouquecidos, assim que a memória explodiu.

Um carro deslizando até parar, alguém segurando a porta aberta. Finn saiu.

Os dedos de David travaram ao redor do braço de Kat. Confusão e medo começaram a invadi-la. Por que David estava tremendo? Kat baixou os olhos.

Os dedos grossos de Finn se fecharam ao redor do pulso de David, depois viraram lentamente, apertando cada vez mais.

David soltou. O outro homem a agarrou...

O som da porta se abrindo estilhaçou o *flashback*. Uma velha raiva irrompeu de sua memória celular. Ignorando a porta aberta, ela fulminou David com o olhar.

— Você deixou. Você deixou que eles me pegassem. — Naquela ocasião, o pulso de David ficou apenas levemente torcido, não quebrado.

Ela piscou freneticamente, e os dedos de David continuavam apertando sua carne.

— Achei que estavam apenas me assustando!

Durante todo esse tempo, ela não compreendeu por que o simples toque de David lhe disparava uma sensação estranha. Agora ela sabia.

Um urro de fúria rasgou a noite. Sloane vinha até eles com a velocidade mortífera de uma pantera.

David saltou atrás de Kat e segurou um braço debaixo de seu queixo, forçando-a a erguer a cabeça. As luzes do jardim iluminaram o bisturi firme entre seus dedos.

— Pra trás! Eu vou cortá-la!

Capítulo 09

Sloane parou de repente. O Dr. Otário estava segurando alguma coisa — um estilete? — perto demais da garganta de Kat. Rapidamente, ele calculou a distância que os separava.

Menos de dois metros.

Perfeitamente possível. O filho da puta estava morto.

— Sloane.

A voz de Kat falhou. Ele não desviou os olhos da lâmina, mas podia ouvir a mistura de medo e raiva fervilhando naquela única palavra.

— Fique aí. Não se mexa. — Sloane manteve a voz baixa e encorajadora. Kat precisava confiar nele, deixá-lo agir para que ela não acabasse ferida.

— Não vou desistir.

O peso de Kat moveu-se ligeiramente, apenas o suficiente para alertar Sloane de que ela estava realinhando o corpo do jeito exato como ele havia lhe ensinado. Uma sensação poderosa o atingiu em cheio. Ele não precisava de palavras, pois sabia o que ela queria.

Lutar para se defender.

Cada célula do seu corpo gritou: *Não! Não, porra!* A

adrenalina agia para injetar mais potência em seus músculos e ossos. Tudo em Sloane o preparava para atacar. Para resgatar essa mulher. Deixá-la em segurança e matar o Dr. Otário.

— Por favor.

A leve súplica foi o que o amoleceu. Kat precisava lutar, e Sloane entendia aquilo no fundo da alma. Era como a necessidade que ele tinha de matar Lee Foster.

— Se te ferir, ele é um homem morto.

— Cala a boca. — O equilíbrio de David oscilou, o que o fez tremer a lâmina perto demais da garganta de Kat.

Sloane ouviu a comoção atrás de si. Os pais de Kat tinham saído da casa.

— David, que diabos você está fazendo? — William Thayne bradou.

David desviou o olhar, e seu braço relaxou ao redor do pescoço de Kat.

No mesmo instante, Kat entrelaçou as mãos e as enfiou debaixo do braço de David, forçando a arma para longe. A lâmina caiu na calçada.

Sloane deu um salto para frente para ajudar, mas parou no meio do caminho, absolutamente extasiado. Uma determinação feroz cruzou as feições de Kat. Ela estava no controle, e era lindo pra cacete ver a gatinha se tornar uma leoa.

Kat girou para o lado e acertou o cotovelo esquerdo nas costelas de David.

— Ai!

Num movimento fluido, ela continuou a sequência com a base da outra mão bem debaixo do nariz de David.

O impacto o derrubou sobre o carro com um baque prazeroso.

Kat cambaleou ligeiramente na sequência do movimento. Sloane a pegou nos braços para lhe devolver o equilíbrio.

David levou as mãos para o nariz e se curvou quando os joelhos fraquejaram.

— Você me bateu.

— Você me ameaçou com um bisturi. — Ela se apoiou na ponta dos dedos.

— Eu não ia te cortar. — David agarrou a barra do avental e o levou ao sangue que jorrava das narinas. — Você quebrou meu nariz.

— Que diabos você estava fazendo? — William encarava David como se uma criatura alienígena tivesse se atrevido a rastejar por seu quintal. — Eu vi você com o bisturi na garganta da minha filha.

— Eu não... O que está acontecendo? — Diana olhava entre David e Kat, os olhos vítreos em decorrência do choque.

Sloane estava de saco cheio de tudo aquilo.

— O Otário atacou a Kat, e ela se defendeu. — Ao puxá-la de volta para seu peito, Sloane olhou-a no rosto. — Lindo, Gatinha. Exatamente como a gente treinou.

Kat se apoiou nele, erguendo a cabeça.

— Ele me soltou. Quando o Finn e os capangas apareceram naquela noite, o David agarrou meu braço, mas, quando Finn aplicou pressão no pulso dele, o David me soltou. Ele deixou que me pegassem. Acho que uma parte de mim sempre se lembrou de que ele não lutaria para me defender, e eu entrava em pânico quando ele me tocava.

Sloane travou os braços ao redor de Kat para manter o

controle, mas ele se virou e olhou para David.

O homem se encolheu, tentando se colocar em pé.

— Vá em frente, pode sair correndo. — A ameaça de Sloane fluía de sua boca, disfarçada de palavras. — Me dê uma desculpa para quebrar seus ossos exatamente como você deixou que eles quebrassem os da Kat.

David largou o corpo no chão.

— Não foi agressão por causa de um assalto. — Diana abraçou-se no meio do corpo.

Acima da cabeça de Kat, Sloane encarava David.

— Conte tudo a eles. Agora. A verdade.

O olho de David tremeu.

— Quando eu trabalhava no meu Ph.D., as garantias e as bolsas de pesquisa estavam acabando. Eu precisava de dinheiro. — Ele mudou de posição com um gemido. — Finn me pediu para ajudar seus clientes a burlar os exames *antidoping*. O desafio captou meu interesse e o dinheiro era suficiente para me fazer terminar os estudos. Por isso eu comecei a trabalhar com ele.

— Dinheiro. Tudo isso foi por causa de dinheiro? — A voz de Kat saiu estridente.

— E o que você saberia sobre dinheiro, Katie? Você cresceu rica, recebendo tudo de bandeja.

Sloane também havia pensado assim um dia, mas a memória agora o envergonhava. Kat havia nascido na riqueza, mas tinha um coração maior do que o de qualquer um que ele conhecia. Ele entrelaçou os dedos nos dela e deu um leve beijo nos cabelos com mechas rosadas.

— Você me odiava por causa disso?

— Não, eu te amava. Você era tão linda. Tão graciosa, adorável, com uma necessidade de agradar. Você me olhava como se eu tivesse todas as respostas para as suas perguntas. Quando eu te levava para eventos, eu ficava muito orgulhoso e então você dançava... todo mundo comentava como você era linda. Eu nunca quis que você se ferisse. Nunca.

Kat ficou rígida.

— Por que eles vieram atrás de mim?

David inclinou a cabeça para trás e tocou no carro. Sangue escorria de sua boca e do seu queixo.

— Quando pedi você em casamento, eu falei para o Finn que não queria mais. Eu já tinha conseguido o que eu queria, você, e, com o nosso casamento, eu receberia uma porcentagem da SiriX. Foi durante essa conversa que você entrou um dia na minha sala, naquela noite em que foi me levar o jantar. — David passou as costas da mão no rosto, espalhando sangue. — O Finn entendeu quem você era.

Um novo lampejo de raiva mortífera disparou pela coluna de Sloane.

— Ele fez ameaças contra a Kat, não foi?

— Achei que ele estava blefando. — As palavras saíram como um choramingo anasalado. — Eles apareceram naquela noite e foram atrás de você. — David baixou os olhos para a calçada abaixo de suas pernas dobradas. — Quando eles terminaram, eu achei que você estava morta. Não podia aguentar te ver toda amontoada no chão, sua perna dobrada para o lado errado, seu rosto surrado... todas as coisas que eu amava em você estavam destruídas. — Ele engoliu em seco. — Mas, quando peguei sua aliança, vi que você estava respirando. Entrei em pânico, então escondi o anel, me tranquei no carro e liguei para a polícia.

— Nós confiamos em você. — A voz de Diana estava rouca; o rosto do marido estava púrpura.

David desviou o olhar para a mãe de Kat.

— Eu a mantive viva. Foi pura sorte que ela não lembrasse do ataque. Voltei a trabalhar para Finn, criando esteroides cada vez melhores para impedir que ele terminasse o trabalho com a Katie. E tudo funcionou... até ela se envolver com o Michaels. — David suspirou pesado ao erguer o olhar para Kat. — Por que você não deixou isso como estava? O Finn ia te matar quando estourasse o escândalo do esteroide. Você se tornou uma ameaça muito grande.

— Ele não vai chegar perto dela. — Sloane garantiria. Pela primeira vez, David o encarou nos olhos.

— Não, ele não vai. Ele estava determinado a matá-la, mas eu o detive.

Sloane ouviu inspirações bruscas de espanto. Sentiu Kat ter um sobressalto involuntário em seus braços. Mas a atenção estava no Dr. Otário.

— O que você fez?

— Injeção letal. Ele nem viu.

— Você o matou a sangue-frio? — Kat havia amado David um dia, transado com ele, planejado se casar. Ela não sabia que ele era capaz de usar o conhecimento farmacêutico para cometer assassinato.

David estendeu a mão sangrenta em direção a ela.

— Ele teria matado você.

— Essa é a sua desculpa? — Ela se afastou das mãos de Sloane e deu um passo para se aproximar do homem amontoado no chão ao lado da SUV. Ignorando que Sloane continuava grudado ao seu lado, ela encarou David. — Você não matou por minha causa. Se você estivesse preocupado comigo, teria me contado a verdade quando fomos atacados. Finn teria sido preso e eu estaria em segurança. Mas você continuou mentindo para manter em segredo seu envolvimento com os esteroides. Você o matou também por essa razão. Ou talvez temesse que ele fosse atrás de você.

Os olhos de David tiveram um espasmo violento.

— Ninguém mais sabia. Ainda podemos resolver isso. Finn está morto. Você não quer destruir a SiriX e todo o trabalho dos seus pais, quer? Ou o trabalho do Marshall com a droga contra o lúpus?

— Então, eu devo ignorar o que você fez? Que está envolvido com esteroides que arruinaram a carreira de um rapaz e o deixaram com um dano cardíaco permanente? Ou que você matou Finn? — Tremores começaram em seu peito e irradiaram para fora. Raiva ou uma reação à descarga de adrenalina que ela teve quando David a surpreendeu?

— Eles não eram importantes. Temos que proteger a SiriX.

Não eram importantes? Era nisso que David acreditava. Ela não se importava que Finn estivesse morto, apenas que David não tinha o direito de matá-lo. Mas ela se importava com Ethan.

— O Ethan é mais homem do que você jamais vai ser. Ele cometeu um erro e foi pego; e admitiu na hora, sem desculpas. Ele pensava que Sloane iria jogá-lo na rua, mas ele também aceitaria isso como punição. Enquanto você fica aí choramingando e...

— Você destruiu tudo. — A voz gélida de sua mãe interrompeu o restante do discurso de Kat. — Todos os anos de pesquisa e de trabalho, tudo se foi.

Sua mãe estava com os braços ao redor da barriga, os olhos em seu rosto branco encaravam com ódio os que estavam ali presentes.

Kat sentiu o pavor antigo espreitar sua pele.

— Por acaso você está me culpando? Ou está culpando o David?

Diana relaxou os braços.

— O David. Mas agora eu tenho certeza de que você se sente vingada, Kathryn. Você estava certa, nós estávamos errados. Vamos ser arruinados por esse escândalo e você pode dizer que tinha nos avisado. — Ela girou nos calcanhares e seguiu para a casa.

— Droga, Diana! — o marido explodiu. — Você está tornando tudo pior.

Sua mãe se virou.

— E dá para ficar pior?

Ele se mexia de um lado para o outro com agitação.

— A Katie poderia ter sido morta. Seis anos atrás, ou agora. E se você continuar a tratá-la como inimiga, vai perdê-la para sempre. Ela não precisa mais de nós.

Diana fechou os olhos, e seus ombros se curvaram.

— Vou ligar para a polícia.

O marido alcançou Kat em poucas passadas; seus olhos estavam sombrios.

— Não nos odeie. Nós não sabíamos. Você ficou tão ferida, e depois teve os ataques de pânico... Você nos perdoa?

Sua voz embargada e desesperada tocou Kat no coração. Houve um dia em que seus pais pareceram tão poderosos, tão brilhantes e bem-sucedidos, enquanto ela era apenas medíocre. Mas essa noite eles todos eram humanos e frágeis demais. Ela não queria machucá-los mais, mas também não ia ser a antiga Katie desesperada por qualquer migalha de aprovação ou sinal de amor.

— Eu não te odeio, pai. Nunca odiei nem você, nem a mamãe. Eu amo vocês dois; tanto, que eu tentei ser a filha que vocês queriam que eu fosse por vinte e dois anos, mas, nos últimos seis, eu não aguentei mais. Não sou essa pessoa. Nunca vou ser. — Sua voz falhou.

Sloane passou o braço ao redor dos braços de Kat.

Seu apoio silencioso a inundou, como se Sloane pudesse segurar seu coração quando ficava um pouco pesado demais dentro do peito. Aquela noite havia deixado seus sentimentos em frangalhos, da exaltação de ter enfrentado David, até ouvir a verdade do que tinha acontecido havia tantos anos, a raiva fria de sua mãe, e agora a súplica desesperada de seu pai. Uma parte sua queria se recolher, mas outra sabia que agora era hora de enfrentar.

— Acho que o que temos de descobrir agora é se vocês conseguem me amar e me aceitar como eu sou hoje.

Seu pai inspirou fundo lentamente e assentiu.

— Nós te amamos. Acredite nisso e depois vamos cuidar do resto. — William lançou um olhar para a casa. — Agora é melhor eu ir ver sua mãe.

Sloane ergueu de leve seu queixo, e seus olhos a enxergavam com um brilho de ternura e preocupação.

— Você está bem?

Será que estava?

Kat desejava ter Sloane assim para sempre. Ela não sabia se tinham um futuro real juntos, ou se agora eram apenas duas pessoas que precisavam um do outro. Mas Sloane havia lhe dado um tremendo presente: havia devolvido Kat a si mesma, quando lhe ensinava a defesa pessoal e quando a apoiava. Nessa noite, ela enfrentou David, os ataques de pânico e seus pais.

Apoiando-se no corpo dele, ela respondeu:

— Vou ficar.

Kat estava agitada demais para dormir. Nem mesmo o banho quente havia servido para acalmá-la. Ao ver luz no quarto de Drake, ela foi até lá e se surpreendeu ao encontrá-lo mexendo no laptop.

— Por que você ainda está acordado? — Já passava das dez.

— Não estava conseguindo dormir.

Kat sentou-se na cama.

— Está com muita dor? Precisa que eu faça alguma coisa?

— Estou bem. — Ele fechou o computador e pegou-lhe a mão. — Estou mais preocupado com você. O Sloane me contou o que aconteceu. — Ele se arrumou na cama e deu um toque ao seu lado para que Kat o acompanhasse e sentasse ali. — Vem falar comigo.

Ela se acomodou ao lado de Drake.

— Também não estava conseguindo dormir?

Kat examinou as pernas à mostra. Quando é que tinha começado a andar em short de pijama sem se importar com as cicatrizes?

— Eu estava esperando pelo Sloane na cama. Ele tinha algumas ligações para fazer e tudo mais. — Ela não estava pronta para ficar sozinha naquele momento. Será que isso fazia dela uma pessoa fraca?

— Eu sempre ficava agitado depois de uma luta. A descarga de adrenalina deixa a gente ligado por horas. E depois a gente desaba.

Kat ergueu a mão, analisando-a.

— Ainda não consigo acreditar que eu fiz aquilo. — Ela havia revidado um ataque e vencido.

— Quebrei o nariz dele, segundo Sloane. Ele disse exatamente assim: "Foi lindo pra cacete". — Um sorriso bobo a surpreendeu. — Que poeta.

— Eu teria pago para ver. Aquele imbecil merecia. — Drake pegou sua mão na dele, deslizando os dedos sobre o pulso.

Kat revirou os olhos.

— O Sloane já olhou minha mão. Está tudo bem. Não está doendo.

— Provavelmente amanhã vai doer.

— Não me importo. Valeu a pena. O David ficou perplexo. Ele disse: "Você me bateu".

— Que idiota. Ele te atacou com um bisturi. — Drake apoiou a mão de Kat no espaço entre eles na cama. — Como você se sentiu quando derrubou o sujeito no chão?

Ela se ajeitou nos travesseiros que Drake havia arrumado.

— Um grande alívio. Não apenas enfrentá-lo, mas finalmente arrancar a verdade dele. Por todos aqueles anos, foi tão frustrante eu não conseguir me lembrar do que tinha acontecido. Ainda não consigo me lembrar totalmente e acho que nunca vou conseguir, mas eu sabia que o ataque não tinha acontecido do jeito que o David falou, só que ninguém acreditava em mim.

— Você se sente vingada.

A palavra a fez se encolher.

— Minha mãe disse a mesma coisa, só que saiu como uma acusação. — Ao virar a cabeça, ela encarou Drake. — Mas ela estava certa, eu me sinto mesmo vingada.

— Você é humana.

— Me sinto mal pelo que eles vão enfrentar nos próximos dias, nas próximas semanas... pode ser que se passem anos na tentativa de se recuperarem disso tudo. O David enganou todos nós. A única razão de eu ter conseguido as respostas foi porque Finn me usou para fazer o David continuar trabalhando para ele. — Ela franziu o cenho, lembrando-se da reação de Marshall. — Meu irmão estava quase pegando o David. Quando chegou lá, depois do incidente, nos contou que ele e Amelia tinham entrado no computador do David no trabalho e encontrado uma certa fonte de renda que não era a SiriX. Eles estavam supondo que o David andava vendendo as fórmulas patenteadas da SiriX para o Finn, que estava fabricando drogas falsificadas para vender na internet, e resolveram procurar no computador por provas. Esse tipo de pirataria é comum no ramo farmacêutico.

— Eles encontraram alguma prova?

Kat sacudiu a cabeça.

— Não, e o David nega. Por mais estranho que pareça, eu acredito nele. O dinheiro que o David conseguiu com os esteroides era uma ferramenta para conseguir a vida que ele desejava, ser um rico e renomado cientista, se casar comigo e ser dono de parte da SiriX. Da sua maneira doentia, ele estava protegendo a empresa e acho que a mim também. Tanto que ele matou o Finn. E também falou a verdade a esse respeito. A polícia encontrou o corpo do Finn exatamente onde o David confessou que estaria. — Era tudo surreal demais. — O assassinato com a injeção letal vai muito além do homem que eu achei que conhecia.

Uma sabedoria adquirida com muita dificuldade brilhou nos olhos de Drake.

— Matar não é tão difícil quanto parece. E viver com isso que pode acabar com um homem.

Kat nunca imaginou que estaria ali: sentada na cama com um homem que tinha matado outro homem. Kat fora criada com a noção de que apenas as pessoas mais vis cometiam atos de violência.

E, ainda assim, esse homem ao seu lado, no seu ponto de vista, havia contribuído para transformar para melhor incontáveis vidas. Seus pais criavam fármacos para melhorar vidas, e isso era importante. Mas Drake dava esperança e orientação a garotos perdidos, o que era inestimável. De muitas formas, ele era dono de uma compaixão e humanidade mais verdadeiras que as de seus pais. Cada inspiração de Drake apresentava uma nota de arrependimento por um único momento em sua vida.

Kat apertou-lhe a mão com cuidado.

— Mas não te derrubou. Em vez disso, você usou esse fato para te guiar para se tornar um homem melhor. — Um homem que ela passou a amar de um jeito especial. — O David não estava suportando o peso de seus segredos e da culpa que ele se recusava a aceitar. Quando eu disse a ele que os esteroides haviam ocasionado o infarto do Ethan, ele disse que Ethan não era importante. — Kat se inclinou e abraçou Drake. — Você não é nadinha como o David.

Ele ganhou certo brilho nos olhos.

— Acho que você me ajudou a encontrar algumas das palavras que eu preciso.

Ela se recostou nos travesseiros.

— Para?

— Escrever cartas para as pessoas de quem eu gosto. Assim que eu partir, quero que elas saibam o quanto foram importantes na minha vida.

Ai, Deus, essa doeu. Kat tentou imaginar Sloane lendo uma carta de Drake depois... De coração partido, e ainda assim ele teria algo a que se agarrar. Sara havia sido arrancada de sua vida sem despedidas e sem declarações de amor. Sem fechamento. Kat não sabia o que dizer, exceto:

— Você vai lhes deixar uma parte inestimável de você. Vai ser algo muito significativo. — Droga, não ia chorar agora.

— Talvez para alguns, mas essa carta é para a Evie. — Ele tocou o laptop fechado sobre as pernas tão delicadamente que Kat o imaginou tocando o rosto de sua amada. — Quero que ela saiba que eu lamento. Eu a amava, e, enquanto eu deveria protegê-la, não tinha o direito de lhe tirar o pai. Espero encontrar as palavras que eu preciso a tempo.

Era isso que mantinha Drake acordado até tão tarde? Antigos remorsos? A necessidade de acertar as coisas? Kat agarrou a mão de Drake em ambas as suas. Sentia uma necessidade de lhe dar a absolvição, mas não poderia. Kat não estava lá naquele dia. Não sabia verdadeiramente se Drake tinha ido longe demais. A realidade era que Drake acreditava que tinha. A vida de um homem pesava em sua consciência, assim como o sofrimento de Evie.

— Diga a ela o que você me disse, ou seja, a verdade. E então conte que ela fez de você um homem melhor, que você cresceu a partir do erro, e que tem esperanças de que ela possa saber que você aprendeu a amar, mesmo que não pudesse ser ela.

Drake encarou o computador e depois encontrou os olhos de Kat.

— Sloane é um homem de sorte.

Era Kat quem tinha sorte.

— Eu nunca teria encontrado a coragem de enfrentar tudo o que aconteceu esta noite se não fosse por ele. Mesmo agora, não quero ir dormir sem ele. — Certo, Drake também não precisava saber dessa parte.

Ele colocou o laptop de lado e pegou o controle remoto.

— Vamos assistir à TV até o Sloane perceber que você não está lá.

O sangue de Sloane zunia com violência. Ver o Dr. Otário colocar o bisturi na garganta de Kat havia acendido uma possessividade que ultrapassava o limite da sanidade.

Estava pronto para matar o filho da puta.

No entanto, Kat o havia contido com uma simples súplica. Depois, ela mesma derrubou o Dr. Otário, o que encheu Sloane de um orgulho que o deixava refém.

Como queria ficar com ela, com aquele toque de violência... Sim, tinha deixado Kat ir dormir sozinha. Naquele momento, ele não garantia que ia subir na cama e não ia lhe arrancar as roupas.

Kat não precisava desse seu lado animalesco. Ainda estava se recuperando do acidente de carro e tentando processar tudo o que havia acontecido mais cedo naquela noite. Não precisava que Sloane perdesse o controle e a possuísse num sexo selvagem. Profundo. Até saber que ela estava viva e lhe pertencia.

Merda. Sloane havia feito as ligações, revisto o vídeo do treinamento de Foster e agora andava de um lado para o outro dentro do escritório.

Olhou no relógio. Quase meia-noite. Kat devia estar dormindo agora. Ele deslizaria na cama e a puxaria para junto de seu corpo. Isso o acalmaria. Contanto que ela estivesse dormindo, ele continuaria no controle.

Ele saiu do escritório.

Um minuto depois, confuso, Sloane olhava para a cama vazia. Onde ela estava? Mas só havia um lugar para onde ela iria. Ele desceu as escadas de novo e parou na porta do quarto de Drake.

— Ela dormiu esperando por você.

Seu coração se encheu de ternura ao vê-la acomodada ao lado de Drake. Seus cabelos longos estavam espalhados na beirada da cama, e seus dedos estavam entrelaçados aos de Drake. Ele se aproximou, incapaz de desviar os olhos.

— Parece que a queda da adrenalina a pegou de jeito.

— Ela apagou como uma luz. Não queria ficar sozinha.

Sloane esperou pela apunhalada da culpa por tê-la deixado sozinha, mas não sentiu nada. Kat estava lhe dando espaço da mesma forma quando eles discutiram na outra noite. Em vez disso, havia recorrido a Drake, encontrando sua própria forma de conseguir o conforto de que ela precisava. Ou talvez estivesse confortando Drake. Provavelmente um pouco dos dois, a julgar pelo olhar de contentamento no rosto de seu antigo mentor.

— Vou ter que brigar com você pela minha mulher?

Drake curvou os lábios.

— Acha que consegue?

— Enfrentar você? A qualquer hora. Pela Kat? — Sloane percorreu a mecha rosada com os dedos. — Não. — Como alguém como ele poderia ser bom o bastante para Kat?

— Seja bom o bastante, Sloane. Uma mulher como a Kat só aparece uma vez na vida.

Ele não tinha resposta para isso. Por que tinha a sensação de que, não importava a escolha que ele fizesse, sempre haveria uma consequência insuportável? Se deixasse Foster viver, o filho da puta iria atrás do que Sloane amava. Se matasse Foster, Kat o olharia como havia olhado para David.

Era uma escolha impossível.

Capítulo 10

Na quarta à tarde, Sloane estava parado ao pé da cama de Drake, de braços cruzados, enfrentando a preocupação e a impaciência de observar o médico lhe fazer um exame minucioso.

Drake o olhou feio.

— Zack não precisava ter chamado o médico.

— Precisava sim, se ele quer manter o emprego como um dos seus enfermeiros. — Sloane não estava de brincadeira quando o assunto era esse. O enfermeiro havia telefonado e lhe dito que Drake estava com um princípio de febre, por isso, Sloane parou tudo o que estava fazendo e voltou para casa.

O médico pressionou o estetoscópio sobre as costas de Drake.

— Tussa, Sr. Vaughn.

A tosse áspera fez Drake se encolher.

Ao fim, o médico fechou a maleta e disse:

— Vamos administrar soro e antibiótico por via intravenosa.

— Não quero tomar soro.

Sloane não ia aguentar mais aquilo. Agarrou a camisa que estava na beira da cama e jogou na cabeça de Drake, depois sentou-se e se aproximou. Ele ignorou a rabugice. Sloane também ficaria zangado se seu corpo o estivesse progressiva e implacavelmente traindo mais a cada dia, removendo de forma metódica camada após camada de sua dignidade e independência.

— Aceite o soro. Nada de hospital, nenhuma medida extrema. Eu faço o que você pede, eu entendo. — Gostasse ou não, ele tinha que cumprir sua palavra. Drake estava cansado. Sloane percebia a morte se aproximando sorrateira pelos olhos do homem, em todas as porras dos dias. Mas não enviaria um convite dourado para a morte por deixar de fazer sua parte e permitir que uma infecção tomasse conta de Drake.

— E se eu não quiser? Você pretende me forçar?

Sloane cravou os dedos no colchão. Ele poderia muito bem fazer isso e ambos sabiam. Já estava pronto e disposto a lutar como um condenado para não perder Drake.

Mas a escolha não era sua.

Os segundos passavam enquanto ele lutava para aliviar a mandíbula e repelir as facas que tentavam retalhar seu peito. Estava perdendo o controle de tudo em sua vida. Drake estava morrendo. Ethan acabava de ter um infarto. O filho da puta do Foster rondava Sara no túmulo. Ele havia se contido ao invés de proteger Kat, quando David a ameaçou com o bisturi.

E se matasse Foster, perderia Kat. Como escolheria?

Mas a escolha do antibiótico no soro não era sua.

— Não vou forçar. — Ele tentou relaxar a mão e depois agarrou o ombro de Drake. — Mas estou pedindo. Por favor.

Drake sustentou seu olhar, depois assentiu.

Duas horas mais tarde, ele estava dormindo, e a

frustração estava dominando Sloane com tudo. Ela o havia carregado para o estúdio. Vestindo nada a não ser o calção, com as mãos enfaixadas, ele aumentou o volume da música ao máximo, fez os alongamentos e aquecimentos, e depois pegou o saco de pancadas.

Durante todo o tempo, na cabeça, ele ouvia os minutos passando no relógio que o aproximava de sua decisão, e Drake, da morte.

Deixaria Foster viver? Viraria as costas para a memória de Sara e viveria cada momento com medo de que pudesse encontrar Kat estuprada e assassinada como Sara?

Ou mataria Foster e assistiria à morte do amor de Kat?

Ela abriu a porta que separava o estúdio da garagem. Uma batida sombria e pulsante ecoava nos alto-falantes, interrompida de vez em quando por pancadas duras.

A visão de Sloane encheu suas veias de intensidade e arrancou o ar de seus pulmões. Apenas de calção, ele se movimentava com velocidade impressionante, atacando o saco de pancadas com chutes e socos.

Os músculos de suas costas ficavam tensos e relaxavam. Seus braços flexionavam poderosamente. Quando ele pulou e girou num chute com salto, a força que rasgou o ar fez soprar uma brisa. Ele aterrissou agachado. Suas coxas e panturrilhas explodiram em músculos debaixo da pele bronzeada.

Kat quase podia sentir no ar o cheiro de sua dor.

— Kat.

Ela andou até ele.

— Estou aqui.

Sloane continuou de frente para o saco de pancadas, mãos no chão, cabeça baixa.

— Ele está morrendo.

Os olhos de Kat ficaram borrados, mas ela piscou para afastar as lágrimas. Por mais que lhe doesse perder Drake, o que Sloane estava enfrentando era um milhão de vezes pior.

— Não hoje. — Drake havia lhe contado. Disse que estava determinado a viver até que Sloane enfrentasse o assassino de sua irmã, e era só por isso que tinha concordado com o antibiótico intravenoso, algo que ele odiava. Depois, disse à Kat para ir encontrar Sloane.

Sloane se virou e olhou de relance para Kat, suas roupas de ginástica e os pés descalços. Em seguida, seu olhar disparou para o alto.

— Por que você está vestida para treinar?

— Achei que você precisaria de um parceiro de treino para extravasar um pouco da sua tensão. Minha vez de fazer uma pergunta. Por que suas mãos estão enfaixadas?

— Para proteger os nós dos dedos e o osso do punho quando dou socos. — Ele se aproximou, e as fagulhas cor de âmbar reluziram em seus olhos. — E não existe a menor possibilidade de eu lutar contra você. Estou pilhado demais, e você ainda está sentindo um pouco de dor.

O sangue de Kat ferveu no segundo em que ele a olhou de frente.

— Bom saber, se uma hora eu resolver lutar boxe. — Ela sorriu. — E nós vamos lutar.

— Estou falando sério, Kat. Entra. Já foi muito eu ter deixado você enfrentar o Dr. Otário ontem e desarmá-lo. Não posso me conter agora.

O cheiro dele invadiu suas narinas: sabonete, suor e uma agitação profunda que a sacudiu da cabeça aos pés, até que o hálito quente lhe roçou o rosto.

— Só lamento por você.

Os músculos no pescoço dele ficaram em evidência.

— O quê?

— Se você não se defender. — Ela mirou um soco no rosto.

Sloane bloqueou com o antebraço, como se estivesse afastando uma mosca.

— Corta essa.

Droga, era como bater em cimento.

— Pode esquecer, campeão. E sabe por quê? — Ela deu um passo atrás e assumiu postura de combate.

— Por quê? — Sloane a observava.

— Porque com a gente não é assim. Com a gente só existe entrega. Ontem à noite, você precisava de espaço, eu te dei. Hoje a sua sorte acabou. — Equilibrando-se na perna ruim, ela preparou uma joelhada com a esquerda.

Sloane pulou para trás. Seus olhos estreitaram enquanto ele se posicionava na ponta dos pés.

— Gatinha, você tem uma chance. É melhor desistir. Ou eu vou atrás de você. — Lentamente, ele começou a tirar a fita de uma das mãos.

A forma como desenrolava a mão deliberadamente deixou Kat de boca seca. Arrepios percorreram sua pele, e seus mamilos viraram pedra.

— E?

Sloane enrolou a primeira tira de fita ao redor do pescoço como uma toalha e começou a desenrolar a outra mão.

— Vou te colocar no tatame, arrancar sua roupa e te comer com força total. — Sloane jogou a segunda tira de lado e fixou o olhar duro em Kat. — Corre.

Uma enxurrada de desejo ardente a pegou no âmago. Ele precisava disso, precisava de algum tipo de libertação que era mais profunda do que lutar ou transar.

— Não corro de você. — Ela mirou um soco bem no plexo solar.

Ele desviou, pegou-a pelo antebraço e puxou.

— Você não é páreo pra mim.

A faixa de luta pendurada no espaço que separava Kat de Sloane era tentadora. Por que ele tinha jogado uma tira e ficado com a outra? Kat queria descobrir?

Com certeza.

Ela mudou a postura, projetou o corpo para frente e moveu o cotovelo para forçar o pulso de Sloane num movimento antinatural e, assim, abrir a mão para soltá-la.

— Estou com a vantagem. Você está com medo de me machucar.

Sloane partiu para cima, bloqueando cada soco com uma facilidade absurda. Antes que ela pudesse planejar um movimento, ele investiu, curvou um braço dela para trás dos ombros e levantou suas pernas do chão com o outro. Sloane caiu de joelhos e a colocou Kat no tatame.

Perplexa, ela tentou girar para se desvencilhar.

Ele passou uma perna por cima, montou sobre seus quadris e segurou-lhe as duas mãos.

Jesus, como ele era rápido. Kat ouvia a própria respiração

ofegante sobre a batida da música.

Ele segurou-lhe os pulsos junto do tatame e se inclinou para baixo.

— Nunca mais me peça pra ficar parado sem fazer nada enquanto você enfrenta um homem que está segurando uma faca contra você.

Ela parou de lutar, inebriada pela maneira como o homem a mantinha presa no chão e pela fúria que emanava dele.

— Está bravo comigo?

— Estou tão orgulhoso de você que mal consigo respirar. — Passou-se um segundo. — Mas você é minha. Eu protejo o que é meu. Tive que ficar assistindo sem poder fazer nada quando você estava dentro da limusine desgovernada, e depois quando estava com David ontem à noite. — Seu maxilar travou, seus ombros incharam, suas veias saltaram; apesar disso tudo, ele deslizou um dedo delicadamente sobre o hematoma no rosto de Kat.

— Eu estou bem.

— Você é minha. — Saiu como um grunhido. — Você está no meu estúdio, quem está no controle agora sou eu. — Soltando-lhe os dois punhos, ele agarrou a ponta da camiseta dela e a tirou de seu corpo. Jogou de lado.

O ar condicionado atingiu Kat na pele exposta, espantando o calor. Tudo o que vestia agora era a calça de cintura baixa e Sloane montado sobre seu corpo.

Ele percorreu um dedo por sua garganta até a curva do seio e brincou com o mamilo.

Kat silvou, chocada com o rastro de fogo que disparou para seu ventre. Era muito; era rápido demais; era toda a emoção que fluía entre eles e lhe inflamava o desejo. A necessidade intensa de ser preenchida e possuída por ele emergiu à superfície, roubando seu fôlego. Ela o agarrou pelos pulsos, tentando se apegar à sua noção de poder. Não queria se render sem lutar.

Queria que Sloane viesse buscar o que queria.

Os olhos dele encontraram os seus.

— Tarde demais, linda. Eu estou no controle.

Ela o olhou nos olhos, avaliando o que ele precisava, o que ambos tinham juntos. *Entrega.* Era isso o que tinham.

— Você acha que é fácil assim me vencer? Que sou tão fraca? — Ela soltou as mãos das dele como se estivesse desistindo.

O rosto de Sloane ficou vazio e ele relaxou as coxas que a prendiam.

— Kat...

Toma essa. Ela girou de barriga e tentou deslizar sob o corpo dele. Conseguiu alguns centímetros, mas ele a agarrou pela cintura, colocou-a sobre seus joelhos e puxou suas costas de encontro ao peito. Um braço travou ao redor das costelas.

— Você sente o que faz comigo? — Sloane pressionou o pênis inchado contra sua lombar. Depois deslizou a mão pela barriga de Kat, debaixo da calça. Dedos grossos brincaram com a fenda de seu sexo, para cima e para baixo. Deu uma mordida em sua orelha, e depois exigiu em uma voz cavernosa: — Abra as pernas.

Era o que Kat queria. Deus, ela queria mais do êxtase quente e gelado que seu toque invocava. Até mesmo a respiração na nuca projetava arrepios de prazer em seu corpo. Só ele a fazia se sentir assim, tão perversamente viva e feliz de ser quem era. Ela encarava a briga, pois sabia que com Sloane estava segura.

— Não.

— Quer que eu vença, Kat? Quer que eu te domine? — Ele roçou de leve a ponta do dedo pela abertura dos lábios, fazendo o clitóris arder de desejo. Era quase impossível não mexer os quadris para acompanhar o movimento. — Quer sentir como vai ser quando eu te deixar sem controle nenhum e dar o que sua boceta deseja?

Ah, como ela queria... Tanto que deveria até estar com medo, não com o coração acelerado por causa da expectativa. Sloane fazia isso com ela: ele a libertava de tudo, deixava apenas o instinto básico que pulsava entre eles.

— Me fala. — Ele beliscou o mamilo com força para chamar a atenção de Kat, e o dedo continuava a fazer carícias enlouquecedoras pelas dobras de seu sexo. — Estou sentindo sua bucetinha falar sim de um jeito quente, escorregadio e muito molhado. — Sloane mergulhou um dedo em suas profundezas macias. — Qual é a sua resposta?

— Sim. — A palavra explodiu do peito dela. Era muito difícil não se concentrar naquele dedo, não se mover ao redor dele. Seu ventre teve um espasmo que a fez apertar o dedo dentro de si.

Sloane abriu a boca quente sobre o pescoço de Kat, lambeu e foi mordiscando ao mesmo tempo em que deslizava o dedo lentamente para dentro e para fora dela. Não era suficiente. Fazia a frustração de Kat ferver. Ele voltou a boca para sua orelha.

— Mais uma vez, abra as pernas e eu vou pegar leve com você.

Nunca. Kat não queria pegar leve; queria provocar Sloane, como ele a provocava. Ela se afastou e, assim, o dedo saiu de dentro dela. Ignorando a pontada na perna, ela impulsionou o corpo para frente, batendo as mãos no tatame.

Antes que ela conseguisse fugir, Sloane estava em cima, prendendo-a entre as coxas. Ainda sobre os joelhos de Kat, ele a forçou a se apoiar sobre os cotovelos e cobriu suas costas com o corpo.

A grossa ereção pulsava sobre as nádegas de Kat.

Ele riu. Era aquele som delicioso que acendia as terminações nervosas dela. Ele segurou-lhe as duas mãos com apenas uma. Depois, pegou a longa tira que pendia de seu pescoço.

Kat arregalou os olhos. Era para isso que serviria a faixa. Ela tentou se encolher, tentou se libertar, mas ele a segurava imobilizada debaixo de seu corpo. Kat observava, fascinada, excitada, enquanto ele lhe enrolava a fita ao redor dos pulsos e prendia um no outro.

— Nada de três toques no tatame, confeiteira. Você está presa aqui enquanto eu quiser. Do jeito que eu quiser. Se ficar apoiada nos antebraços, vai tirar a pressão sobre o joelho. — Ele se afastou e lhe puxou a calça.

E assim, Sloane a deixou ajoelhada com o traseiro para o alto, toda aberta. O ar frio atingiu suas dobras superaquecidas, deixando-a dolorosamente consciente de estar exposta, vulnerável. Mas ele estava certo: o joelho não doía.

Depois, Sloane subiu em cima dela, e a pele quente fez a sua arder, derretendo as incertezas e deixando, no lugar, a necessidade escancarada de ser preenchida por ele. Sloane encostou a boca em sua orelha.

— Quer que eu continue? Que eu te force a receber meu pau? — Ele passou os lábios pelo pescoço dela num movimento leve, e seus dedos brincaram com os mamilos. — Quer que eu te coma tão forte que você vai gritar quando gozar?

Os arrepios corriam, dançavam e faziam Kat se contorcer. Lágrimas brotavam de seus olhos pelo desespero enfurecido que ia se formando dentro dela. Não precisava mais pedir para parar e, assim, desistir da luta; não quando estava com ele, o homem que ela amava e em quem confiava.

— Sloane.

— Diga. Diga que você vai se entregar.

O calor do corpo dele emanava no seu. A voz era rouca de desejo. Se ela dissesse, o restinho do controle de Sloane se romperia. Tudo dentro dela ficou tenso de expectativa quando ele afastou uma das mãos para guiar o membro e penetrá-la.

Se ela dissesse sim.

Só depois disso. Kat havia pensado que desejava abrir mão do controle e do poder, ser dominada por ele, mas isto era muito mais sensual: deixar voluntariamente que ele a amarrasse, tirasse sua roupa, e a abrisse para arrancar dela o próprio prazer. Tão excitada, ela quase chorou a resposta:

— Eu me rendo. Só a você. Para Sempre.

A música se transformou numa batida pulsante quando Sloane enfiou o pau dentro dela, alargando-a e preenchendo-a. A queimação deliciosa incendiou seus nervos já muito quentes. Kat moveu o corpo para trás, recebendo-o, tomando tudo.

Sloane empinou-se, segurando-a firme ao redor dos quadris, puxando-lhe o corpo ao encontro da estocada. O membro foi tão fundo que ela gritou. Dor? Prazer? Ela não sabia, seus sensores estavam confusos. Ela só necessitava. Precisava daquela sensação intensa mais uma vez. Suas mãos estavam amarradas, mas ela conseguiu cravar os dedos no tatame.

— De novo.

— Caralho. — Saiu como um grunhido torturado. Ele repetiu o movimento. Bombeou dentro dela, atravessando seus nervos e depois atingindo aquele ritmo sensorial acelerado, de novo e de novo, levando Kat tão alto que ela não conseguia se libertar.

— Sloane. Por favor. — Arrepios começaram a sacudi-la.

O pau crescia, pulsava. Cada respiração provocava Kat sem piedade. Seu clitóris pulsava. Tudo nela estava ficando cada vez mais tenso.

Sloane a colocou de novo apoiada sobre os joelhos e penetrou fundo. Segurando-a pelos cabelos, ele a fez virar a cabeça e a beijou na bochecha.

— Estou aqui. — Roçando dois dedos por seus lábios, ele disse: — Lambe. Deixa bem molhado pra mim.

Ela abriu a boca, sugou os dois dedos e sentiu o gosto da pele de Sloane e dos próprios fluidos. Sentia-se gulosa por Sloane, por eles dois juntos. Ela passou a língua ao redor da ponta dos dedos.

— Meu Deus, Gatinha, olha o que você faz comigo. — As palavras saíram como um rugido baixo que vibrou sobre as costas dela. Ele tirou os dedos e os passou sobre o clitóris.

Fagulhas de calor. Kat ofegava, encontrando as estocadas e se mexendo ao redor dos dedos. Buscava o prazer, precisava daquilo, queria o que apenas Sloane poderia lhe dar.

— Agora, me deixa sentir sua bucetinha apertar meu pau. — Ele apertou o clitóris e a penetrou fundo ao mesmo tempo.

— Oh, oh... — Ela implodiu e gozou tão forte que um som estridente irrompeu de sua garganta.

Sloane apertou um braço ao redor da cintura dela e a segurou firme.

— Isso, meu Deus, Kat. Porra! — Cada estocada brusca perpetuava o prazer. Ele estava gozando, se derramando sobre as paredes sensíveis, ofegando pesado sobre seu cabelo.

Kat havia feito Sloane perder completamente o controle e a levar junto com ele.

Capítulo 11

Sloane empilhava os pratos na máquina de lavar louça, enquanto Kat tirava a restos de comida do jantar.

— Fico surpresa por você não ter uma empregada que cozinhe aqui.

— Eu contratei uma nutricionista e uma cozinheira para o Drake, mas ele odiou. — Sloane fechou a máquina de lavar louça e, em seguida, pegou o vinho e serviu duas taças. Entregou uma para Kat, e a levou para o deque, lá fora, onde tinham acabado de comer o jantar. O vestido de verão que Kat tinha colocado depois do banho que tomaram juntos flutuou ao redor de suas coxas quando ela se sentou na cadeira de balanço para assistir ao pôr do sol. — Você gostaria que eu contratasse alguém para cozinhar pra nós?

— Eu? — Ela se virou para ele, e o sol destacou as mechas rosadas e sexy que ela usava no cabelo. — Não. Eu quis dizer para você.

— Para nós. Tenho viajando muito pouco hoje em dia, e não estou frequentando eventos. Eu quero ficar aqui. — Ele olhou de volta para a casa, onde Drake estava dormindo. — Normalmente, eu não fico muito em casa na hora do jantar. Costumo ter jantares de negócios ou... — *Cala a boca, seu idiota.*

— Acompanhantes que você quer impressionar.

Sloane se virou para ela.

— Você é minha única, Kat. Você é a única que eu estou interessado em impressionar.

— Você não tem que me impressionar.

Ele hesitou com aquele comentário. Será que ela odiava preparar o jantar junto com ele e limpar tudo depois? Ele tinha uma equipe de limpeza que cuidava da casa e da roupa suja, mas lavar a louça não era um grande problema para Sloane. Bom, mas vai ver para Kat isso fosse penoso. Ela trabalhava numa cozinha, do início da manhã até a noite. Ele não a levava para lugares legais só para exibi-la.

— Eu quero te levar pra passear, mas agora é complicado. Você acha muito ruim? — Se achasse, ele iria encontrar uma maneira de levá-la a um restaurante cinco estrelas ou onde quer que ela desejasse ir.

Kat balançou a cabeça.

— Isso aqui é melhor. Eu não tenho que me preocupar em não tropeçar ou ter um ataque de pânico. Isso é bom pra mim, apenas relaxar no deque, comer comida chinesa, poder beber um pouco de vinho e não ficar preocupada com a possibilidade de te deixar com vergonha.

Isso... Merda. Como ela ainda poderia se preocupar com isso? Sloane pensou no domingo à noite, quando voltou para casa e a encontrou cuidando de Drake, lidando com um nível de coisas desagradáveis que faria qualquer mulher correr. Mas não Kat. E mais cedo naquela noite, quando ele estava tomado pela raiva e pela dor, Kat estava lá, permitindo que ele a tomasse do jeito que ele precisava. O jeito como ela havia se rendido completamente ainda o deixava sem fôlego e fazia seu pau se contrair. Kat confiava em Sloane quando ele mesmo não sabia se era digno de confiança. Essas eram as coisas que ele amava em Kat.

— Você nunca me deixa com vergonha.

Ela abriu um pequeno sorriso e voltou a olhar para as ondas.

Será que ela acreditava? Ele pegou sua mão.

— Vamos nos divertir na casa do Kellen no sábado à noite. Você vai precisar de ajuda para levar o bolo?

— Não. A mãe do Kellen, Sunny, e eu vamos fazer o bolo juntas. Se precisarmos de ajuda, o pai dele nos dá uma mãozinha. — Ela sorriu. — Não conte ao Kellen. O projeto do bolo esteve com a mãe dele desde o início. Trabalhamos juntas, mas foi ela quem guardou.

— Então você tem torturado o Kel só pela diversão?

Ela levantou a taça de vinho em um brinde de brincadeira.

— Sempre que eu posso.

Sloane riu.

Kat tomou um gole de vinho e se virou para ele.

— Eu disse para a Ana hoje que ela podia ir em frente e enviar os vídeos para três programas de confeitaria. Nós também carregamos o trailer no meu site.

A novidade o surpreendeu.

— Tanto aconteceu que nem conversamos de verdade sobre isso. As coisas não andam meio caóticas agora?

Ela ergueu um ombro.

— Acho que não vou receber nenhuma resposta por algumas semanas. O David não é mais uma ameaça. O Kellen está começando num emprego novo e se mudou para a casa dele com o Diego. — A brisa pegou seu cabelo e o soprou no rosto. Kat segurou a mecha rebelde e a torceu. — Acho que eu alimentei a fantasia ridícula de que, se eu conseguisse fazer o David contar a verdade, as coisas mudariam com os meus pais. Liguei para eles hoje e deixei uma mensagem. Eles não retornaram a ligação.

Isso Sloane não poderia consertar por ela. Odiava não ser capaz de dar à Kat pais que a valorizassem pela mulher que ela era.

— Eles não te merecem.

Ela colocou o cabelo atrás da orelha.

— Não tem problema. Era só um comentário. Você não tinha mais uma família propriamente dita depois que a Sara se foi, por isso você construiu a SLAM. Trabalho e treino são sua vida. A Sugar Dancer é a minha. Aconteça o que acontecer, eu vou ter a confeitaria.

O coração dele se envolveu em gelo.

— Aconteça o que acontecer? Estamos falando de nós?

Os dedos de Kat em sua mão ficaram tensos.

— Um pouco.

— Eu vi o jeito como você olhou pro David depois que descobriu que ele havia matado o Finn. — Sloane tinha que saber. — Você vai olhar pra mim daquela mesma forma quando eu matar o Foster? — A única coisa pior seria encontrar Kat estuprada e assassinada como ele havia encontrado Sara.

Ela respirou fundo e balançou a cabeça.

— Você é um bom homem. Nunca mentiu sobre suas crenças ou sobre achar que a violência é uma parte muito real da vida. O David é um hipócrita que deixou o medo e a obsessão o levarem a cometer o ato covarde de matar com uma injeção letal. Eu nunca vou olhar para você como olhei para ele.

Havia uma chance de que ela ainda ficasse com ele?

— Eu não vou fazer o que o David fez e matar um cara sorrateiramente com uma seringa. Vou dar ao Foster uma chance de lutar, de me enfrentar. — Será que isso significava alguma coisa para ela? Será que Kat entendia que ele tinha de fazer isso, tinha que ficar do lado de Sara quando todo o sistema a enxergava como uma pessoa descartável?

Kat fixou os olhos nele.

— Se ele te matasse, acho que eu não sobreviveria. Você disse que ele te culpa por arruinar sua vida, e ele te odeia tanto quanto você o odeia.

Sloane segurou sua mão com mais força.

— Não pense nisso. Ele não vai me matar. Eu confiei em você ontem à noite quando o David estava segurando um bisturi na sua garganta. Confie em mim, eu não vou perder.

— E se ele desistir da luta e bater no tatame?

Não mentiria para ela.

— Ele não deixou a Sara desistir.

Ela tomou um gole de vinho.

— Depois de eu ter enfrentado o David, agora entendo que você precisa enfrentar o Foster. Ele se tornou mais importante para você do que qualquer outra pessoa.

Sloane sentiu um mal-estar retorcer suas entranhas.

— Você acha que ele é mais importante para mim do que você? — Kat era tudo para ele. Parte da razão por ele querer matar Foster era manter Kat a salvo.

Ela apertou sua mão.

— Você me fez sentir importante, Sloane. Ninguém me fez sentir como você me faz. Eu te amo.

Mas será que ela o amava o suficiente para perdoá-lo? Sloane tinha que saber.

— Você vai embora se eu o matar? — *Se?* Quando ele começou a pensar em *se* em vez de *quando*?

Ela se inclinou sobre os braços das duas cadeiras, e seu cabelo se derramou ao redor dos ombros nus; seus olhos transbordavam sinceridade.

— Não tome essa decisão por mim, nem por Sara, nem por Drake, nem por sua mãe. Tem que ser por você. Entre naquela gaiola e quem vai decidir é você, ninguém mais.

Confuso, ele perguntou:

— Isso é um teste? — Ela havia ficado muito chateada quando descobriu a história toda pela boca de sua mãe. Disse que ele não poderia fazê-lo. O que tinha mudado? Ele teria de provar seu amor por ela? Fazer uma escolha?

Kat acariciou seu braço.

— Não. Esta sou eu te amando e te dando o meu apoio. Exatamente como você fez comigo.

Ele não tinha... Jesus. Sloane lhe pegou o braço e a puxou para cima de seu colo. Envolvendo os braços ao redor dela, Sloane lutou para dissipar o nó que se formou na garganta. Era a sensação de ser amado. Era o tipo de coisa que colocava um homem de joelhos.

— Lindo, Sunny. Você não perdeu a mão. — Kat deu a volta no bolo que tinham chamado de Escadaria do Amor. Tinham usado uma base quadrada em camadas e criado escadas de fondant que subiam até o topo, em formato de uma casa e decorado como se fosse. Cada degrau representava os marcos na vida de Diego e Kellen até aquele momento. Levaram uma semana para formar todos os cômodos, mas Sunny tinha feito a maior parte do trabalho em casa. Realmente era incrível.

— Obrigada. — Sunny largou o corpo sobre uma cadeira. — Foi divertido. Espero que eles gostem.

Kat pegou duas águas e entregou uma para a outra mulher.

— É melhor gostarem mesmo, ou não vai ter mais biscoitos e *brownies* pra eles.

— Essa é a minha garota. — Sunny riu. — O Diego ama seus biscoitos.

— Ah, fala sério, o cara nunca conheceu um biscoito com o qual ele não quisesse se casar. Ele é um promíscuo dos biscoitos.

— Verdade. Mas...

— Kat, hum, desculpe interromper. — Ana hesitava na porta.

— Algo errado? — Kat se levantou.

— Sua mãe está aqui pedindo para falar com você. Bom, ela disse que é sua mãe e se parece com você.

— Minha mãe? — *Aqui na Sugar Dancer?* Seria a primeira vez. Seus pais não tinham retornado suas ligações. Kat havia conversado com Marshall várias vezes, mas nada de seus pais.

Ana ergueu os ombros.

— Eu poderia dizer que você saiu para fazer uma entrega.

Era por isso que Ana estava tão desconfortável: ela não tinha certeza se Kat queria ver a mãe.

— Não tem problema, eu vou lá em um minuto. — Forçando um sorriso, acrescentou: — Obrigada.

Ana assentiu com a cabeça e saiu.

— Você consegue lidar com isso.

Ela olhou para Sunny.

— Ela nunca veio aqui antes. Nem mesmo quando eu fiz a inauguração. — Será que tinha acontecido alguma outra coisa? Talvez com seu pai?

— Ela está aqui agora. Quer que eu vá com você?

Sunny faria isso por ela. A mãe de Kellen e o marido haviam protegido Kat na época em que ela trabalhava para eles, deixando-a se esconder naquela mesma cozinha enquanto ainda lutava contra o medo e os ataques de pânico. Mas Kat não era mais aquela garota, e Sunny estava certa: ela conseguiria lidar com a situação.

— Obrigada, mas pode deixar comigo.

A mulher mais velha sorriu.

— Eu sei que sim. Estou aqui se precisar de mim.

Ela respirou fundo e saiu para a frente da loja. Sua mãe estava do outro lado das vitrines da confeitaria. Vestia calças de cor creme e uma blusa que combinava com os olhos. Em sua mão, estava uma sacola de compras de cor dourada.

— Mãe? Está tudo bem?

Quando Diana virou-se para ela, deu à Kat uma visão privilegiada do cansaço esculpido em sua pele delicada.

— Foi uma semana difícil. A vigilância sanitária rejeitou completamente a droga contra o Alzheimer, a SiriX está sob investigação, e a polícia expediu mandados de busca e apreensão no escritório, laboratório e computadores do David. Virou uma confusão sem fim.

Tudo o que seus pais tinham construído agora estava sob suspeita.

— Desculpa, mãe.

— O Marshall ficou furioso.

Kat olhou para as próprias mãos.

— Eu falei com ele. Não parecia estar com raiva de mim.

— Não com você, Kathryn, mas com seu pai e comigo. Ele quer que a gente saia de cena e que ele assuma o controle da SiriX para fazer a empresa atravessar essas provações.

Kat ergueu a cabeça.

— O Marshall disse isso?

— Em uma reunião ontem. Ele também pegou todos nós de surpresa.

— Mas... — Até onde Kat sabia, seu irmão nunca tivera interesse em administrar a SiriX, ele só queria fazer sua pesquisa. No entanto, por outro lado, Marshall tinha suas camadas, seus níveis escondidos. E por acaso Kat já tinha lhe perguntado quais eram seus objetivos? Ela falaria com Marshall mais tarde. — Mãe, por que você está me contando isso? Eu não tenho mais nenhuma parcela da SiriX. Não existe nada que eu possa fazer para ajudar. — Eles haviam tirado sua porcentagem quando ela saiu da empresa. Além do mais, ela apoiaria o irmão num piscar de olhos.

Sua mãe olhou em volta.

— Que bom.

Kat não entendia o que estava acontecendo. Menos de uma semana antes, Diana havia se referido à confeitaria como diabetes e doenças cardíacas em um pacote bonito.

— Gostaria de beber alguma coisa? Tenho café, refrigerante ou água.

— Numa outra oportunidade. Eu só vim deixar isso aqui.

— Ela colocou a sacola dourada sobre o balcão.

Kat não sabia o que fazer.

— O que é isso?

— É a caixa de música que a vovó te deu. Você disse que queria ficar com ela, então eu trouxe para você.

Kat enfiou a mão na sacola e pegou a caixa cuidadosamente embrulhada. Depois de tirar o papel, seu coração se encheu de emoção. Diana tinha feito isso por ela. Talvez houvesse esperança para mãe e filha.

— Obrigada.

Diana franziu os lábios numa linha apertada.

— Minha mãe me deu uma também quando eu era pequena, mas eu não liguei, porque queria um kit de química e uma boneca de anatomia humana.

Kat entendia perfeitamente. Mostrou um sorriso. Ela não queria os brinquedos educativos que seus pais lhe davam na época.

— Agora eu me arrependo de não ter guardado. — Sua mãe pôs as mãos sobre a cobertura de vidro. — Não somos tão diferentes, você e eu. Nós duas rejeitamos o que nossas mães queriam para nós.

Sua mãe estava tentando.

— Acho que não. — Com a diferença que sua avó tinha ficado orgulhosa de Diana. Se bem que Diana tinha dado um grande passo ao levar a caixa de música. — Eu trabalho muitas horas como você, e estou ficando mais e mais ambiciosa à medida que fico mais forte.

O fantasma de um sorriso aliviou um pouco a tensão no rosto de sua mãe, mas logo desapareceu.

— Faz dias que eu tento pensar no que falar para você. Ainda não sei. — Levantou os ombros. — Não entendo como eu poderia estar tão errada sobre tanta coisa.

Kat viu a encruzilhada se abrir à sua frente. Ela poderia se apegar à raiva e tomar a estrada para a amargura, ou poderia virar numa estrada que levasse a algum tipo de relacionamento.

— Eu também estava errada. Por muito tempo, eu tentei ser algo que não era. E acho que eu não amava o David de verdade. — Não como amava Sloane. — Mas menti para todo mundo, inclusive para mim mesma, tentando amá-lo. Tentando ser o que eu pensei que eu deveria ser em vez do que sou. — Kat não estava feliz da vida por ter essa conversa onde seus clientes remanescentes, funcionários e guarda-costas pudessem ouvi-la, mas, pelo menos, ela e sua mãe estavam conversando.

Diana a observou por um longo segundo.

— Eu ficava com inveja de como você falava com a vovó e de como vocês duas riam juntas. Eu queria ter aquilo, mas não sabia como. Como chegar até você. Nós não parecíamos ter nada em comum. Eu conseguia conversar com o Marshall, mas não sabia o que falar com você. Quando você começou a namorar o David e ficaram noivos, passamos a ter algo em comum.

Kat quase deixou cair a caixa de música, por puro choque.

— Mãe... — Ela não sabia o que dizer. Sua mãe era tão inteligente, como era possível que não soubesse conversar com a própria filha? Mas Diana era mais do que um QI. Era um ser humano com defeitos como qualquer outro.

— Isso não é culpa sua. É minha. — Ela indicou com a cabeça o que estava na mão de Kat. — Eu queria que você ficasse com a caixa de música. Queria que soubesse que eu sinto muito. — Ela se virou e saiu.

Depois de colocar a caixa cuidadosamente na sacola, Kat a levou para a cozinha.

Sunny estava sentada à bancada de trabalho, com os olhos transbordando de curiosidade.

— E então? O que era?

Sentindo-se mais leve do que se sentira em muito tempo, Kat respondeu:

— Acho que foi um começo.

Capítulo 12

— Você sabe, este é o tipo de coisa que deixa cicatrizes emocionais permanentes num cara. É cruel e sádico que minha mãe e minha melhor amiga tenham me enganado.

Kat sorriu para Kellen. Estavam no pátio de ladrilhos. A música bombava nos alto-falantes em som *surround*, e Kel estava um pouco alto de seja lá qual fosse a substância em seu copo de plástico. Era ótimo vê-lo com saúde, relaxado e curtindo a festa em comemoração à compra da casa nova que dividiria com Diego.

— Cale a boca, o bolo é incrível. Seus convidados estão todos falando sobre ele. Bom — ela emendou —, eles também podem estar falando sobre como sua casa é legal, mas, em geral, estão falando sobre o bolo.

— Não é só sobre isso que estão falando. As pessoas estão olhando para você e Sloane.

Ela nem estava pensando sobre isso.

— O Sloane atrai a atenção por onde passa. — Ele estava do outro lado do pátio, conversando com Diego, John e alguns outros rapazes. A camisa de manga curta deixava seus braços à mostra para as mulheres babarem. Aquele jeans preto delineava a bunda deliciosa e as coxas poderosas. Sim, as pessoas ficavam olhando mesmo.

— Você também, Kat. Vocês dois estão na boca do povo. Aquele vídeo de vocês dois já passou de um milhão de acessos.

Com dificuldade, ela afastou o olhar de Sloane e encarou Kellen, boquiaberta.

— Tudo isso?

— As pessoas estão curiosas para saber o que é que leva um homem poderoso como ele a querer ficar com você. — Kel tomou um gole de sua bebida.

Kat deveria ter tomado um vinho ou uma dose de tequila.

— Podemos falar de outra coisa? — Incapaz de se controlar, ela voltou a atenção para Sloane. E, com toda certeza, todas as mulheres o observavam.

O pensamento de ter gente olhando para ela e se perguntando por que Sloane a escolheria acabou por realimentar suas dúvidas persistentes. Seria suficiente para Sloane depois que Drake partisse, e ele se recuperasse? Ou ele precisaria de uma mulher que se encaixasse em seu estilo de vida poderoso e exuberante?

Pare com isso. Sloane tinha lhe dado mais amor e força do que ela já havia conhecido, ajudando-a a aprender a gostar de si mesma do jeito que era. O que tinham juntos era especial, mas, se ele quisesse partir para outra um dia, ela o deixaria ir sem culpa. Quando isso acontecesse, se apegaria para sempre à memória de seu amor.

— Kat? Algo errado?

— Não. — Ela se virou para Kellen e mudou de assunto. — Então, que história é essa de piscina? Ouvi Diego falando sobre isso.

O olhar de Kellen se voltou para o rosto dela, como se para analisá-la.

— Você está bem de verdade?

— De verdade. — Havia convicção em sua voz. Ela estava sendo sincera: estava bem. Talvez houvesse dor à sua espera, mas pelo menos estava vivendo e sentindo. Todos os dias que passava com Sloane valiam toda a agonia que ela poderia enfrentar mais tarde. Kat arqueou as sobrancelhas. — Uma piscina?

Talvez Kel tivesse acreditado nela.

— Ainda vai demorar pelo menos um ano. Quero terminar de pagar meus empréstimos estudantis antes de qualquer coisa, o que o novo salário e os benefícios vão permitir. Mas o Di adora um projeto. Ter um ano para planejar uma piscina é como se fossem preliminares para ele.

Os risos que borbulharam em resposta ao comentário substituíram a fatia de ansiedade no interior de Kat.

— Ele parece muito feliz. — Diego estava descrevendo algo com grandes movimentos das mãos. — Humm, será que ele vai querer tobogã na piscina? — Esse era seu melhor palpite ao interpretar os gestos.

— Bem, já se passaram dez minutos desde aquela ideia toda de uma rede de vôlei, então provavelmente sim. — Kel colocou a bebida de lado, pegou a mão de Kat e se levantou. — Vamos dançar.

— De jeito nenhum. Eu não vou dançar com todas essas pessoas aqui. — Era diferente quando estavam em casa, numa boa, tentando ensinar Diego a dançar. Kat não ficava autoconsciente quando isso acontecia.

Mas agora? Com todo mundo aqui e pessoas dançando em duas pernas boas? Não.

— Fala sério, Kat. O Diego dança parecendo um burro de patins. Pelo menos você não vai pisar nos meus pés.

— Não, eu só vou cair de bunda.

— Não se preocupe, isso não vai machucar meus dedos de maneira alguma.

Kat não aguentava, ele era hilário. Olhando em volta, viu que Sloane e Diego tinham desaparecido e que John estava dançando com Sherry.

— Tá bom. — Ela deixou Kellen levantá-la da cadeira. Ele deu um sorriso radiante de covinhas à mostra.

— Demais! — Ele a arrastou para o centro da pista de dança criada no pátio.

Seu bom humor era contagiante.

— Você está muito bêbado?

— Não o suficiente para deixar você cair. Vamos começar devagar. — Ele passou os braços em volta dela, e apoiou uma das mãos em suas costas. — Sem falar que vamos criar um pouco de provocação.

Kat se animou.

— Ah é? Quem é o alvo?

Kellen tinha ganhado um brilho malicioso nos olhos castanhos.

— Estou pensando no meu novo chefe. Acho que ele vai cair.

Kat olhou para John dançando com Sherry. Sem dúvida.

— Você está pensando em *Dirty Dancing*?

— É um clássico.

Sloane foi cumprimentando as pessoas com um aceno

de cabeça quando saiu para procurar Kat. Diego tinha lhe mostrado a sala do *home theater*, e com isso ele havia perdido a noção do tempo. A festa estava em pleno andamento, com a música ecoando pelo sistema do som no pátio. A voz de Kat chamou sua atenção.

— Kel, fica de olho caso ele a derrube.

— Eu não vou derrubar minha mulher. — A voz de John soava exasperada.

Parando de repente, Sloane ignorou a multidão que havia aberto um espaço no centro do pátio e, de repente, ele só enxergava Kat. Ela estava de costas. Caramba, como ela estava sexy com uma blusa que desnudava as costas até quase a traseiro. O jeans branco agarrava do quadril até os tornozelos, e terminava num par de sandálias azuis de tirinhas, de solado reto. Ela havia feito alguma coisa no cabelo para deixá-lo levemente frisado.

Como se sentindo a presença dele, Kat se virou, e seu olhar cruzou com o de Sloane.

Aquela sensação familiar foi como um golpe no peito, uma conexão doce e sexy, que ele nunca teve com nenhuma outra pessoa antes. Uma sensação elétrica de consciência eriçou sua pele. Ele sabia pela ligeira elevação de sobrancelha que Kat estava tramando alguma coisa.

— O que você está fazendo, Gatinha?

Ela estava com o rosto corado e os olhos faiscando de travessura.

— Já viu *Dirty Dancing* alguma vez?

— Acho que sim, mas não por vontade própria.

Essa parte ela ignorou.

— O John vai levantar a Sherry daquele jeito do final do filme. Você pode ficar do outro lado? Não deixe a Sherry cair.

— Por que sua mulher está me insultando? — John perguntou. — Por acaso eu derrubei minha esposa alguma vez?

Isso nunca aconteceria.

— Acho que a melhor pergunta é como diabos você foi obrigado a fazer isso? — Sloane realmente queria saber.

— A Kat lançou um desafio. — Sherry deu uma piscadinha e um sorriso de típica garota americana. — Disse que ele não conseguia me levantar do jeito que o Patrick Swayze faz no filme. É muito, muito difícil.

Sloane ergueu as sobrancelhas para Kat. Estava acostumado a mulheres atrás dele, agarrando-se a ele e enchendo o saco. Mas não sua confeiteira, que encontrava maneiras de se divertir sozinha. Antes, ela teria se escondido, mas agora? Brilhava com a Estrela do Norte.

— Essas são as confusões que você apronta quando eu te deixo sozinha?

Ela encolheu os ombros, com os olhos arregalados e inocentes.

— Foi o Kellen quem começou.

— Então dessa vez foi ele? — Kat parecia tão deliciosa, que até o brilho labial já lhe causava vontade de lamber.

— Começamos a conversar sobre qual seria o filme mais sexy de todos os tempos, enquanto estávamos dançando. A Sherry e eu dissemos que era o *Dirty Dancing*.

— Errado. — Sloane queria saber por que as mulheres faziam umas escolhas tão patéticas. — É *Instinto Selvagem*.

John assentiu com a cabeça.

— Está no meu top 5.

— Era exatamente o que eu pensava — Kat desdenhou. — Os homens se recusam a reconhecer *Dirty Dancing* por causa do levantamento. A maioria dos homens não consegue fazer um levantamento de força com uma mulher acima da cabeça. Eles se sentem ameaçados por esse filme.

— Ah. — Agora ele entendia como tinha acontecido. — Fala sério, John? Você caiu direitinho na armadilha e disse que conseguia?

O pescoço de John corou.

— Bom, eu consigo.

Sem brincadeira. John poderia muito bem levantar o dobro do peso de Sherry.

— Gatinha, você armou uma armadilha pro meu melhor amigo fazer uma demonstração só pra você se divertir?

Ela desferiu um sorriso enorme que quase o deixou de joelhos.

— Considere-se com sorte, campeão. Eu poderia ter feito você cair nessa também.

— Não duvido. — Ele se aproximou o suficiente para ver os mamilos endurecerem debaixo daquela blusa azul bonita. Com toda a certeza, para torturá-lo, Kat não estava usando sutiã. Sloane se forçou a concentrar os olhos nos dela. — Você me fez ficar caidinho por você.

Os olhos dela ficaram ainda mais arregalados.

— Não fala isso, Sloane. Tem gente aqui.

— É assim que funciona numa festa, confeiteira. As pessoas aparecem para comer, beber e observar homens como o John caírem no desafio de fazer uma demonstração de dança.

— Ei. — John cruzou os braços. — Eu só disse que eu conseguiria levantar a Sherry naquela posição.

— Cara, você foi tapeado por profissionais. Tenho certeza de que eles já fizeram isso antes.

Kat sorriu.

— Se eu não posso dançar, então vou ser quem faz as marionetes dançarem.

Ele jurava por Deus, seu músculo cardíaco estava fazendo algumas coisas estranhas. Enchendo-se de orgulho por ela e retorcendo-se de dor por ela não poder mais dançar como antes. Mas Kat não parecia descontente com isso: seu sorriso radiante dizia a Sloane que ela não se importava realmente. Sua música era sua confeitaria. Dançar era apenas diversão.

— Você pode dançar comigo, querida, mas, por ora, pode torturar o John.

— Só com plateia. Sério, eu sei que o John é forte o suficiente para fazer o levantamento, mas acidentes acontecem.

Sim, seu coração estava definitivamente fazendo coisas estranhas.

— Kel, você fica do lado esquerdo do John e eu fico com o direito.

Até mesmo as pessoas que estavam dentro da casa saíram para assistir.

— Sherry, você vai correr, flexionar os joelhos e pular. — Kat virou-se para John. — Você a pega aqui. — Colocou as mãos no abdome de Sherry para demonstrar. — E complete o levantamento usando o impulso do pulo. Você tem que controlar a força, pegá-la pelo centro do corpo e a levantar acima da sua cabeça. É facinho perder o equilíbrio.

John confirmou com a cabeça.

Kat foi mancando até Sherry.

— Você precisa manter a posição para o John conseguir

te equilibrar. É parecido com uma pose de serpente, braços ao lado do corpo, costas e pernas curvadas para que suas mãos e pés fiquem equilibrados.

— Mamão com açúcar. — Sherry piscou e olhou para o marido. — Se você me soltar, vai levantar com as crianças amanhã cedo.

— E se eu não soltar?

— Você ainda vai levantar com elas, mas vai fazer isso sorrindo. — Seu riso se misturava a sugestões de como John ganharia o tal sorriso.

Sloane balançou a cabeça. Enquanto pensava que a atenção da festa estava concentrada em John e Sherry, Kat estava se divertindo bastante. Ela não parecia perceber que as pessoas estavam olhando para ela, quase hipnotizadas. Ao ver o pequeno sorriso de Kel, ele disse:

— Foi você que sugeriu isso?

— Ela estava toda dura e envergonhada por dançar comigo. Achei bom distraí-la um pouco.

— Funcionou.

— Bom pra mim também. — Os olhos de John estavam focados na esposa. Ele girou a cabeça para alongar o pescoço e estralou os dedos. — Eu vou fazer esse levantamento, e a Sherry vai me pagar.

Kat recuou.

— Tudo bem, vamos lá!

Sherry correu alguns passos e se lançou. John a pegou e a levantou acima da cabeça. Ele teve de recuar alguns passos para se equilibrar, mas depois conseguiu sustentá-la.

Sloane sorriu. Sherry estava firme em uma pose perfeita, como se estivesse voando. Quando John a girou, o vestidinho sexy que ela usava mal cobriu a bunda.

Uma salva de palmas irrompeu da plateia quando John colocou Sherry de novo no chão.

— Mais tarde vou cobrar meus espólios, querida.

Entre as palmas, vivas e sugestões irreverentes, o sorriso de Kat era radiante. Sloane deu um passo e parou diante dela.

Ela inclinou a cabeça para trás.

— Eu sabia que o John iria conseguir. A Sherry também. Ela é tão forte que consegue sustentar a pose. E ela confia no John.

— E quanto a mim?

Kat olhou para ele.

— Você é um pouco grande pro John levantar.

Ele esboçou um sorriso. Tomando-lhe a mão, ele a puxou contra seu corpo.

— Vou querer minha demonstração particular de *Dirty Dancing*.

Kat olhou para ele e desferiu um sorriso brilhante.

— Você quer uma aula particular? Vou precisar de mais detalhes. Onde essa aula vai acontecer?

Ah, mas ele tinha um lugar em mente, algo que tinha surgido durante uma conversa por telefone durante uma viagem ao Brasil. Sloane lembrava-se vividamente.

Vamos falar sobre você dormindo na minha cama esta noite. Você vai estar nua? Pensando em mim? Melhor ainda, se masturbando e pensando em mim? Vou fantasiar sobre isso hoje à noite.

Essa é sua fantasia?

Ah, sim. Uma delas. Chegar em casa depois de uma viagem, entrar no meu quarto e encontrar você na minha cama, pelada e se masturbando. Eu faria você terminar enquanto eu assisto. Faria isso por mim?

Ela disse que sim, e agora ele queria transformar a fantasia em realidade. Sloane modulou a voz para que apenas ela ouvisse.

— Você vai estar na minha cama. Pelada. Pernas abertas.

Ela franziu as sobrancelhas.

— Que tipo de dança é essa? O que você vai fazer?

Sloane encostou a testa na sua.

— Ficar vendo você gozar.

— Isso não é dançar, isso é sexo.

Ele sorriu.

— Uma dança sexual das boas.

Capítulo 13

Sloane mal desligou o motor antes de sair do carro em disparada e correr para abrir a porta do passageiro. Ele pegou as mãos de Kat, puxou-a do assento e a encostou no porta-malas. Ele colocou as duas mãos sobre o teto e, com isso, a aprisionou entre os braços. Debaixo das luzes da garagem, as mechas rosadas no cabelo de Kat se destacavam sobre o cabelo castanho. Seus olhos também brilhavam.

— Alguma razão para você me prender encostada no carro?

Até mesmo a voz dela conhecia o caminho direto que levava ao seu pau... e ao coração. Ele passou o dedo sobre a curva de seu rosto e seguiu até a pele macia da garganta.

— Quero minha aula particular de dança sexual. — Seu abdome e seu membro se encheram de calor. Ela estava maravilhosa aquela noite. Sloane nunca tinha sentido tanto orgulho de estar com nenhuma mulher como sentia com ela.

Kat mordeu o lábio inferior.

— Você marcou hora? Não encontrei nada na minha agenda.

Sloane passou o dedo sobre a blusa de seda até o bico duro de seu seio.

Kat fechou os olhos e arqueou o corpo com seu toque.

Porra, o jeito como ela reagia a ele fazia o sangue de Sloane se incendiar.

— Sou o único na sua programação, mas vou ficar feliz em te ajudar a procurar. — Ele a levantou e a apoiou sentada sobre o carro para unir a boca à sua. — Vamos fazer uma busca lenta e completa. — Ele roçou os lábios nos dela com beijinhos minúsculos de um canto ao outro. Cálidos e suaves, seus lábios eram a melhor coisa que ele havia provado aquela noite.

E eram apenas um aperitivo, mas deliciosos pra caralho. Sloane traçou a curva sexy do lábio superior, e desceu para sugar o inferior, com uma mordidinha.

Kat envolveu as pernas em seus quadris, pressionando o centro do seu calor contra o pênis através das calças. Ela inclinou a cabeça para trás e abriu os lábios.

— Pesquisa mais.

Sloane enfiou a língua fundo em sua boca sexy e enroscou-a à dela, deslizando, degustando. Ele sentia o coração bater pesado, mas queria se deleitar no beijo, saboreá-lo agora que o rosto tinha sarado. Ele esfregou o membro através das roupas, criando fricção suficiente para fazer Kat gemer.

Ela enredou os dedos em seus cabelos e os puxou para encorajá-lo a continuar.

Sloane ficou tão perdido em Kat, imerso totalmente na sensação de tê-la agarrada a ele, cavalgando a coroa de seu pênis e chupando sua língua, que não fazia ideia de quanto tempo havia passado.

E não se importava.

Ele enfim separou o beijo inebriante.

— Encontramos o horário marcado para minha aula particular? Ou vou ter que remarcar?

Os olhos de Kat estavam pesados de desejo.

— Seu horário é daqui a dez minutos. Em ponto.

Com relutância, ele a colocou no chão.

— Vou estar lá.

Dez minutos. Seiscentos segundos. Ele poderia esperar tudo aquilo.

Talvez.

Enquanto Kat subia, Sloane foi ver como estavam Drake e Ethan, e depois verificou duas vezes o sistema de alarme. Finalmente — finalmente! — ele subiu as escadas, mas parou fora da porta fechada de seu quarto para tirar a camisa, as meias e os sapatos. Mais do que pronto, ele abriu a porta.

Sua respiração prendeu na garganta com a visão de Kat. Ela estava nua e toda aberta, espalhada pela cama. Plantado no chão, ao pé da cama, ele absorveu a cena. Cabelos escuros, com mechas, se abriam em leque sobre uma pilha de travesseiros. A luz tênue revelava seus olhos fechados e uma boca exuberante entreaberta. Kat passava as mãos sobre os seios, fazendo seus mamilos se tornarem dois picos rígidos. Ela os girava, gemendo e apertando as pernas conforme o calor florescia em seu peito.

Sloane sentiu a boca secar e o suor brotar debaixo de suas roupas. Ele não conseguia encontrar as palavras.

Ela desceu os dedos pela barriga firme até a faixa de pelos. Suas pernas estavam abertas apenas o suficiente para provocá-lo com uma fenda de pele rosada e úmida.

Ele soltou um grunhido estrangulado.

Lentamente, ela abriu os olhos.

— Você está aqui para uma aula particular de dança sexual, correto? — Sua voz era rouca de prazer.

— Isso. — A palavra mal saiu. Seu pau pulsava dolorosamente dentro do jeans.

Kat sorriu.

— Bom, porque um homem maravilhoso acabou de me esquentar com um beijo daqueles. Eu estava aqui terminando o aquecimento. — Ela afastou as pernas, dobrou os joelhos e começou a circundar o clitóris. — Agora fiquei toda molhada e inchada.

O suor brotou na testa dele e nas costas. Kat não só estava disposta a fazer isso por ele, como também ficava excitada com a brincadeira. Dentre todas as provocações na festa, os beijos ardentes na garagem e isso... nenhum dos dois iria durar muito.

— Que bom.

— E como. — Kat deixou o clitóris e desceu mais para as dobras de sua vagina, subindo e descendo em movimentos suaves e deliberados. — Muito melhor do que eu esperava. — Ela começou a ondular os quadris, e suas coxas ficaram tensas. — Dançar para uma plateia formada só por você.

Calor e luxúria causaram uma fisgada no abdome dele, mas o peito se encheu de orgulho. Sua doce confeiteira agora não se escondia. Ela lhe revelava tudo, incluindo o ato particular de dar prazer a si mesma.

— Você gosta que eu fique olhando — disse ele, sua voz rouca e carregada. — Me mostra mais.

Ela afastou mais as coxas e mergulhou um dedo, que logo desapareceu inteiro dentro de seu corpinho firme.

— Olha o que você faz comigo. Viu só como meu dedo entra fácil? E sai? — Ela mostrou a mão. — Perfeito para uma dança sensual.

Seus sucos revestiam aquele dedo. Jesus. Sloane abriu

as calças com um movimento brusco e a abaixou até as coxas para liberar o membro, que latejava. Ele o segurou na mão, tremendo. Incapaz de se conter, inclinou o corpo para perto dela e sugou aquele dedo molhado na boca. Lambeu. O sabor doce e apimentado encheu seus sentidos.

— Seu gosto é uma delícia. Nunca vou enjoar.

A face de Kat pegou fogo. Ela puxou o dedo e o colocou de volta no clitóris, estimulando com mais entusiasmo e levantando os quadris.

Ele fazia isso com ela, mostrava-lhe como ela o deixava louco, manuseando o membro e chupando seu dedo. Uma necessidade incontrolável a dominou. Ela era tão linda que ele mal conseguia respirar. Sloane subiu a mão e começou a trabalhar na cabeça do pau, que começava a gotejar, e depois percorreu todo o comprimento.

Ele precisava de mais, precisava de Kat. Era hora de entrar na dança. Liberando o pênis, Sloane apoiou as mãos em torno dos quadris de Kat e a puxou para a beira da cama. Ele apoiou as pernas dela sobre os ombros e a deixou bem aberta.

Ela fixou os olhos nele, e a mão que usava para estimular o clitóris ficou mais lenta.

— Não para. — Ele pressionou o pau contra o sexo molhado e gemeu. A pele sedosa, quente e molhada lambeu seu membro com a mais doce agonia. O desejo de possuí-la com força se acumulou na base de sua espinha. Ele tentou se conter, tentou acompanhar o fluxo dos movimentos de Kat, balançar com ela naquela dança particular. Ele pressionou-se na abertura, e o calor dela o sugou um centímetro mais, depois outro, até que ele estivesse enterrado até as bolas. Olhando em seus olhos, ele disse:

— Dança comigo, querida. — Ele recuou o quadril e, em seguida, deslizou para dentro dela de um jeito lento e torturante.

A vagina se contraiu em resposta. Kat diminuiu os movimentos no clitóris e sincronizou com as investidas. Seus olhos escureceram e se transformaram num turquesa profundo quando ela ergueu a outra mão para brincar com o mamilo.

Seu corpo longo e sinuoso ondulava e balançava com cada investida de Sloane, como uma música que só eles poderiam ouvir e sentir. O prazer se entrelaçava em seus corpos, cada vez mais apertado, bloqueando todo o resto que não fosse a dança sexual.

— Mais rápido — Kat implorou quando o ritmo começou a ficar mais intenso. Sloane seguiu a instrução e bombeou mais rápido. Os pés de Kat se curvaram ao redor dos ombros dele, seus dedos cravaram na pele. Em segundos, ela estava se contorcendo ao redor dele, desafiando seu autocontrole. Kat se mexia cada vez mais rápido, entregando-se à dança.

Ele estava bem ali com ela. O fogo lambia sua espinha. O prazer se acumulava brutalmente. Sloane agarrou-lhe as pernas com mais força, fixando-se no chão e travando os dentes ao colocar toda a sua energia no momento, indo tão fundo que o sexo de Kat se inundou com um calor líquido.

Os músculos de sua barriga ondulavam e suas coxas ficaram tensas.

— Sloane... — ela disse, apertando-se ao redor do pênis em espasmos que a fizeram arquear o corpo e erguer os ombros de cima da cama. Kat estendeu as mãos, tateando cegamente.

Sloane pegou seus dedos e segurou firme. Ver as mãos unidas o desfez completamente.

— Meu Deus, Kat. Eu nunca vou deixar você ir embora. — Raios elétricos desceram por sua coluna, fervilharam nos testículos e ele explodiu. Ele bombeou dentro dela, disparando os jatos quentes que lamberam a vagina.

Durante todo o tempo, ele nunca soltou sua mão.

Kat olhou nos olhos cor de caramelo de Sloane. Ele ainda segurava sua mão, mas havia baixado suas pernas de cima dos ombros e virado seu corpo de lado na cama, passando uma coxa pesada por cima dela, na altura do quadril.

Ela estava se afogando em felicidade, sendo arrastada por uma corrente tão poderosa que nada poderia segurá-la. O que ela não sabia era se estava em uma maré rumo a um futuro com o homem que ela amava.

Ou se o estava perdendo.

Seu coração se contraiu, mas ela tentou afastar a ideia. Eles tinham o presente, e era muito, muito especial. Kat estendeu a mão e lhe tocou o rosto.

Sloane se inclinou para beijá-la.

— Você fez isso por mim. Me deu minha fantasia.

— Só pra você. — Por mais que ela quisesse dar o que ele pedia, ficava surpresa de ver como tinha sido fácil. Deixar que ele a visse daquele jeito, tocando-se, completamente devassa e livre. Mas os olhos ardentes e a excitação feroz de Sloane a tinham impulsionado. — Eu queria ter ido mais devagar. Para te provocar um pouco mais.

— Você quer ir devagar, Gatinha? — Ele esfregou o polegar sobre sua mão. — Ser seduzida? Agora que eu já relaxei um pouco, posso fazer isso por você.

Ela estremeceu com o calor em seus olhos.

— Não foi isso que eu quis dizer. — Ele não parecia convencido, então Kat foi mais direta. — Quando você me bate, me deixa mais excitada, torna tudo mais intenso. — Ele a havia levado a lugares onde ela nunca esteve e mantido sua segurança em todo momento. — Eu quero ser isso pra você. —

Droga. Ela queria ser suficiente para ele. Kat fechou os olhos, sentindo necessidade de se recompor.

Sloane separou suas mãos.

Bom. Agora ele iria tomar um banho e lhe dar um segundo para parar de ser tão idiota.

— Vou entrar no banho depois de você — disse ela.

Ele não se moveu, e sua perna continuou a prendê-la à cama por cima dos quadris.

Kat abriu os olhos e encontrou o olhar em ebulição.

Sloane se aproximou mais e pousou a mão sobre seu rosto.

— Esse é um dos momentos em que eu costumo foder com tudo porque não te falo o que estou sentindo, então aqui vai: quando você olha pra mim, meu coração dá um salto. Como hoje, mais cedo, quando eu saí no pátio e encontrei você e o Kellen armando pra cima do John. Você me olhou e, *bam*, meu coração deu aquela merda de salto.

Kat sentiu o pulso acelerar, e um imenso frio na barriga. Ela fazia mesmo isso com ele?

— Toda vez que a gente faz amor, é intenso pra caralho, mas, esta noite, sabe o que despertou toda essa merda de amor em mim?

A paixão que irradiava de Sloane criava uma força magnética que a atraía para ele.

— O quê?

— Quando você tateou cegamente pela minha mão. Você estava se despedaçando, se desfazendo em pedaços e precisou que eu te segurasse. — Sloane baixou o rosto até que Kat enxergasse apenas ele. — Eu, Kat. Você sabia que eu te pegaria. Eu perdi todo o meu controle no instante em que segurei a sua mão na minha. Eu me agarrei em você quando me perdi em você. Caramba, é intenso desse jeito. E é assim toda vez.

Kat não conseguia respirar, mas isso não importava, pois Sloane a beijou até que se tornassem um e parecesse que compartilhavam um único batimento cardíaco.

Ele levantou a cabeça.

— Eu te amo, Kat. Eu não sabia que um amor assim existia de verdade até conhecer você.

Mas será que era o suficiente? Kat era o suficiente? Ela não sabia. O tempo estava se esgotando. Drake estava adoecendo cada vez mais e só faltavam três semanas até a luta *Profissionais Vs. Amadores*.

O que Sloane escolheria fazer?

Será que seu amor sobreviveria se Sloane matasse Lee Foster?

Será que o amor sobreviveria mesmo que Sloane não o matasse, mas voltasse para sua vida na alta sociedade?

Kat não sabia.

Capítulo 14

Duas semanas mais tarde

O aroma inebriante de tomates picantes atingiu os sentidos de Kat assim que ela desceu as escadas, logo ao sair do banho. Tinha certeza de que Sloane ainda não estava em casa depois do treino noturno.

A caminho da cozinha, ela sorriu.

— Ethan, que cheiro maravilhoso. — Seu estômago roncou. Tinha sido um dia incrivelmente cheio na confeitaria.

Jogando um pano de prato em cima do ombro, Ethan mergulhou uma fatia de pão francês no molho fervente e estendeu-o para ela.

— Quer provar?

— Nesse exato minuto, eu daria meu carro para experimentar. — Kat pegou o pão que pingava e deu uma mordida. — Delicioso. Estou morrendo de fome, mas não sei que horas o Sloane vai chegar em casa.

— Logo. Eu mandei mensagem pra ele, e ele disse que vai sair da academia daqui a pouco. Vou colocar a água para ferver e cozinhar a massa quando ele chegar.

— Muito obrigada por cozinhar. — Ele havia começado a fazer isso na semana anterior. Kat tinha se preocupado que ele fosse levantar algo pesado demais ou fazer esforço, mas Ethan estava ganhando mais energia a cada dia.

Um leve rubor inundou seu pescoço sorrateiramente.

— Eu gosto de cozinhar. Eu pesquiso receitas e testo quando posso. Agora que estou me recuperando, tenho muito tempo livre para isso.

Kat sentou-se na banqueta.

— Quando você ficou interessado em cozinhar? — Ela pensou em Ethan decorando os biscoitos com as crianças antes do acidente. Naquele dia, ele parecia estar gostando muito.

Ele mexeu o molho e começou a ralar um pouco de queijo parmesão.

— O Sloane te disse que eu morava na rua?

Kat não sabia bem aonde ele pretendia chegar.

— Não exatamente. Mas eu imaginei, quando você estava no hospital. — Até onde Kat sabia, nenhum parente foi visitá-lo durante a internação.

Ele manteve a cabeça abaixada, focado no queijo.

— Minha mãe era drogada e me explorava para arranjar dinheiro ou drogas. Fiquei de saco cheio daquela merda. Saí de casa um dia antes de completar quinze anos e fui morar na rua. Tentei ganhar dinheiro em lutas clandestinas. Na maior parte do tempo, eu não tinha o suficiente nem para comer. Passei muita fome. — Ele encolheu os ombros debaixo da camiseta branca. — Cozinhar me dá uma sensação de estar no controle da minha fome.

Era de partir o coração imaginar o que Ethan devia ter passado. Para falar a verdade, ela não conseguia imaginar realmente. Na infância, Kat nunca teve a menor noção de que outras crianças sofriam daquele jeito. Que Ethan escolhesse compartilhar sua história a enchia de humildade. Ela respirou fundo, com cuidado.

— Não sei se algum dia eu poderia ser tão corajosa quanto você, Ethan.

Ele parou de ralar e encontrou seu olhar.

— Não sou corajoso. Eu me vendia para ter o que comer.

Jesus.

— Ethan, você é mais corajoso do que eu jamais poderia ter esperanças de ser. Fico feliz que tenha tido a coragem de fazer o que foi preciso para sobreviver.

Ethan inclinou a cabeça de lado.

— O Sloane nunca te contou mesmo sobre o meu passado?

— Não. Na noite em que você teve o ataque, eu perguntei se você era um dos garotos. Ele disse que sim e que o Drake te encontrou em lutas do submundo por volta dos dezesseis anos. Foi só isso. Essa história é sua; você decide contar ou não.

Ethan colocou o ralador de lado e lavou as mãos.

— Você tem sido boa para mim, Kat. Espero não fazer você se sentir incomodada.

Ele pensava que aquilo mudava o que ela sentia em relação a ele? Para Kat, Ethan era como o irmão mais novo de Sloane.

— Me causou dor no coração saber o que você sofreu quando era criança. Está falando desse tipo de incômodo? Se for isso, então, sim. Mas se você acha que eu vou olhar pra você de forma diferente do que quando cheguei aqui na cozinha, então não. — Kat esperava que ele tivesse entendido direito. Não tinha a capacidade inata de Drake de estabelecer conexão com pessoas que tiveram uma infância difícil. — Agradeço por você ter confiado em mim para contar sua história.

Ao pegar outro pedaço de pão, ela acrescentou:

— E para provar sua culinária.

Um sorriso o rejuvenesceu.

— Você gostou mesmo?

Ela relaxou, pois ele havia aceitado sua palavra.

— Gostei. É melhor o Sloane se apressar ou ele vai ter que comer as sobras. — Kat deslizou o corpo e desceu do banco. — Se é que a gente vai deixar alguma coisa. — Ela pôs o pão na boca e se dirigiu para o corredor.

— Kat?

Ela parou.

— Hum?

Ethan se aproximou.

— Se você quiser o meu convite para ir à luta, fico feliz em te dar. O Sloane provavelmente não acha que você gostaria de ir. Fique com o meu. Você deveria estar presente.

Ela sentiu o peito se encher de chumbo, o que deixou o pão difícil de engolir. Sloane não havia pedido que ela estivesse lá para ele, pois sabia que ela odiava violência; mas, por ele, Kat iria.

Se Sloane a quisesse.

Porém, ele não havia dito nada. Era um evento importantíssimo, com gente poderosa pagando preços exorbitantes pelos convites para uma luta exclusiva. Era imperativo que Sloane se mantivesse focado em entrar na gaiola com Foster, não em Kat e em seus problemas. A última coisa que ele precisava era dela tropeçando ou tendo um grande ataque de pânico. Talvez ela não o constrangesse, mas acabaria atrapalhando.

Apesar de tudo, ela adorava Ethan por oferecer.

— Obrigada, mas vou ficar aqui com o Drake. Contanto que você tenha certeza de que está bem para ir, então divirta-se. Sloane quer você lá, foi por isso que ele te deu o convite. — E para ela não.

— Kat...

— Ethan, está tudo bem. Não incomode o Sloane por causa disso, ele está com muita coisa na cabeça. Por favor, você prometeu. — Ela havia feito Drake, Sherry e Ethan jurarem. — Acredite em mim. — Sloane precisava manter a mente focada.

Ele assentiu e seus ombros se curvaram.

— Obrigada. — Uma sensação de alívio relaxou os músculos de seu pescoço. Tinha sido humilhante o suficiente quando Sherry perguntou o que Kat usaria no evento da luta. Não precisava repetir aquele constrangimento com Sloane, explicando por que era melhor que ela não fosse. Sim... ficar em casa com Drake estava ótimo para ela.

Kat se dirigiu ao quarto, mas seu peito se apertou mais uma vez com a visão da figura magra de Drake reclinada contra os travesseiros, respirando com a ajuda de um tubo de oxigênio. O chiado constante indicava que o tanque estava acionado. Nas últimas semanas, ele havia perdido ainda mais peso. Estava com as mãos dobradas sobre as costelas salientes, e Kat conseguia ver as veias azuladas debaixo da pele fina demais. O computador fechado estava sobre as pernas.

Ela estendeu a mão para afastar a máquina e deixá-lo dormir.

— Eu ouvi você conversando com o Ethan.

Kat deixou a mão cair.

— Você está acordado. E não comece a briga.

— Só estou descansando. Não é a luta. O Sloane deu uma vacilada das grandes por não te convidar para ir junto, mas eu entendo por que você não quer distraí-lo agora. Estou falando do jeito com que você lidou com a situação quando Ethan confiou em você. O menino tem dificuldade em confiar nas mulheres.

Ela não sabia disso.

— Eu não sabia o que dizer, exceto a verdade. — A preocupação que sentia por Drake envolveu seu peito dolorosamente. Sua voz estava rouca. Estava tossindo mais e mais, e agora a dor o corroía constantemente. Ainda assim, ele cuidava de Ethan.

— A verdade é o melhor.

Sim, bem, às vezes a verdade era uma droga, como o médico que lhes tinha dito que só restavam dias para Drake, talvez mais uma ou duas semanas. Droga, nada de choro. Drake ficava devastado quando os olhos dela se enchiam de lágrimas.

— Não parece que foi um bom dia pra você.

— Não. Fiquei tentando me concentrar, mas minha cabeça dói muito para ler e escrever.

Kat encostou a mão na testa dele e apertou os lábios. Mais uma febre. Agora, elas iam e vinham, derrotando aos poucos o corpo frágil demais.

— Quer tentar beber um pouco de suco? Soda? Picolé? — Será que deveria ligar para Sloane? Kat olhou para o relógio de cabeceira. Quase sete horas, e Ethan tinha dito que Sloane chegaria logo.

— Não ligue pra ele. Eu sei o que você está pensando.

Kat olhou Drake por um instante.

— Se você beber um pouco de soda, eu não ligo.

— Isso é chantagem.

— Lógico que é.

Kat foi para a cozinha, pegou uma garrafinha de refrigerante da geladeira e um canudo. Mantendo a voz baixa, ela disse:

— Ethan, quando o Sloane chegar, diga que o Drake está com febre.

Ethan olhou para baixo.

— Não consegui fazê-lo comer nada hoje. A enfermeira me disse que é normal, mas eu tentei.

Kat tocou-lhe o braço.

— Eu sei. Mas ele não consegue. — Ela havia percorrido o mesmo caminho com sua avó.

Ethan acrescentou:

— Eu vou sentar com ele para que você e Sloane possam comer. É o que eu quero.

— Obrigada. — Kat voltou para a sala e ajudou Drake a beber alguns goles. — Quer que eu tire seu computador daqui?

Ele colocou a mão ossuda em cima do computador.

— Eu quero fazer isso, mas, entre as dores de cabeça e os analgésicos, eu não consigo.

Sentada na beira da cama, Kat pegou sua outra mão.

— Você está trabalhando na carta da Evie? — Ele já tinha terminado as cartas de todos os outros. Kat estava com elas e as entregaria depois do funeral. Pensar nisso a deixou chateada tudo de novo.

— Está quase pronta. Quase.

Terminá-la era de importância vital para ele. Drake ainda estava apegado à vida por dois motivos: a luta de Sloane com Foster e o término da carta. Eles haviam conversado sobre ela, mas Kat ainda não havia lido tudo.

— Como eu posso te ajudar?

—Você pode digitar o resto pra mim?—Uma determinação de aço brilhou em seus olhos azuis vítreos.

Sem choro. Não chore.

— Você sabe que sim. Agora?

— Mais tarde. Depois que você jantar, quando o Sloane for ficar entocado para assistir aos vídeos do treino do Foster, obcecado com as coisas.

O estômago de Kat se retorceu de preocupação por Sloane.

— Ele vai tomar a decisão certa. — Se Kat estivesse lá, seria capaz de ajudá-lo a sair e deixar Foster vivo? Ou era melhor que ela não estivesse presente para não o distrair?

— Por você.

Ela balançou a cabeça.

— Não é por mim. — Sloane lhe ensinara as ferramentas para enfrentar os temores. E quando chegasse o momento, ele a deixaria tomar sua própria decisão. Kat tinha que fazer o mesmo por ele. — É por si mesmo.

— Você vai abandoná-lo?

Se ele matar Foster. Assim como Evie deixou você. Como ela responderia a isso? Porém, as palavras de Drake mais cedo, *A verdade é o melhor*, davam-lhe a resposta.

— Eu amo o Sloane; amo tudo nele. Mesmo a parte que é capaz de matar. Eu nunca o vi ferir alguém mais do que o necessário. — Kat se inclinou para frente, querendo aliviar a preocupação de Drake. — Pode confiar em mim para ajudá-lo nas próximas semanas. Não vou piorar sua dor, só quero poder amá-lo.

A preocupação nos olhos do homem suavizou um pouco. Ele tossiu e depois fechou os olhos.

— Eu confio em você.

Kat inclinou-se para lhe dar um beijo na cabeça.

— Vá dormir um pouco. — Ela deixou o computador ali, já que Drake ainda estava com a mão sobre ele.

O celular de Sloane tocou na hora certa. Ele o pegou, mas não atendeu, embora tenha saído pelas portas francesas que se abriam para as ondas do mar. A lua dançava no oceano, e a brisa soprava em seu peito e ombros.

Uma parte sua não queria atender à chamada diária dos investigadores. O cansaço aplacava um pouco as chamas da vingança, que vinham queimando havia tanto tempo. Ele tinha percorrido aquele caminho por mais de uma década e estava se aproximando de seu objetivo.

No entanto, naquele segundo, tudo o que queria era encontrar Kat e tomá-la em seus braços. Mergulhar em seu sorriso, rir ou senti-la entre seus braços para conter o poço gelado de ira, ódio e culpa, que eram seus companheiros constantes desde os dezesseis anos.

Tocar Kat aliviava seu coração e acalmava sua alma.

Até se lembrar de como Olivia costumava sair em busca de sua obsessão por um Príncipe Encantado e jogar Sara e ele para escanteio a cada possibilidade. Sara havia pagado o preço com a própria vida.

E o pensamento de encontrar Kat daquele jeito? Estuprada, assassinada...

As chamas reavivaram e se puseram a queimar as dúvidas sobre o que ele tinha de fazer. Sloane parou de procrastinar e atendeu o telefone.

— Michaels.

O investigador foi direto ao ponto.

— Mandei o vídeo do treinamento de hoje para você.

— Recebi. Assisti e não tem nada de novo nele. — Precisava manter o foco, terminar de uma vez por todas a vingança de Sara e começar a proteger Kat. — O que mais?

— Foster visitou o túmulo de Sara hoje de novo.

Pela segunda vez naquela semana. Havia um poço escuro borbulhando e se agitando dentro dele.

— O que ele faz lá?

— Em geral, fica lá olhando. Às vezes, ele se agacha e passa o dedo pela lápide. Enviei um vídeo do meu telefone.

Aquele filho da puta não deixava Sara em paz. Sloane foi andando até sua mesa e puxou o último vídeo. Foster aparecia vestindo uma camiseta e jeans, agachado ao lado do túmulo de Sara. Quando tocou a lápide, Sloane mal conteve o ímpeto de acertar um murro na tela do computador.

Cristo.

Ao fim do vídeo, ele levou dez segundos inteiros para se acalmar o suficiente para falar.

— Ele se aproximou da confeitaria ou do apartamento da Kat?

— Não, mas assiste ao vídeo em que você aparece resgatando-a, e algumas outras imagens dela que a imprensa conseguiu pegar.

Sloane afundou na cadeira e inclinou a cabeça para trás.

— Me atualize se mudar alguma coisa. — Ao desligar, ele fechou os olhos. Causava-lhe repulsa ver o estuprador e assassino de Sara tocando seu túmulo. Ela merecia paz.

Uma batida leve soou na porta. Ele a abriu.

— Sloane?

A voz de Kat chegou até ele, aliviando a raiva amarga e a preocupação doentia. Ele estendeu a mão.

Kat mancou até ele. Sua perna parecia rígida por ter ficado sentada. Quando ele ergueu a cabeça, viu os olhos dela e as lágrimas de sofrimento que havia neles. Sentiu um aperto no coração.

— Drake?

Ela deslizou a mão na sua.

— Ele está dormindo, mas a tosse e a febre estão piorando. Levantei a cabeceira da cama e apoiei travesseiros para deixá-lo mais alto.

Mais lágrimas rolaram.

Ele a puxou sobre o colo e passou os braços ao seu redor. Abraçando-a apertado, ele disse baixinho:

— É por isso que você está chorando? — Ela podia chorar em seus braços sempre que precisasse. Sloane sentia sua garganta doer também.

— Não. Sim. — Ela suspirou. — Essa noite nós terminamos.

Sloane fechou os olhos com força. Sentindo a dor só aumentar.

— A carta da Evie. — Drake lhe havia contado que Kat estava ajudando. Era o tipo de merda que Sloane não sabia fazer. Nem conseguia. Kat era mais forte nesse aspecto.

— É.

Ele puxou de leve seu cabelo, fazendo-a erguer a cabeça. Deus, os olhos... maravilhosos, mas nadando em piscinas de dor.

— Você está dando paz a ele.

— Queria poder dar a vida. Isso não é justo. Ele está sofrendo, e eu detesto essa situação. — Kat fechou os olhos, tentando se controlar. — Desculpa, não estou ajudando.

De jeito nenhum, ela não recuaria agora.

— Olha pra mim.

Ela levantou os cílios e revelou uma combinação dolorosa de sofrimento e confiança.

Kat lhe deu tudo, até mesmo a dor a que ela antes se apegava tanto. Ele passou os dedos sobre o cabelo dela.

— Nunca se desculpe por isso. — Uma emoção rouca embargava sua voz. — Nós somos assim. Se você está sofrendo, vem até mim. Se eu sofro, recorro a você. Sem desculpas. — Ela estava presente para lhe dar apoio em todas as vezes, em todos os dias ruins, horas ou instantes. Embora a dor de Kat lhe machucasse, ele queria que ela recorresse a ele em todas as malditas vezes.

Ela respirou fundo, com a cabeça aninhada sob seu queixo, e chorou.

Sloane esfregou suas costas, deixando-a sentir e chorar na segurança de seus braços. Dizendo-lhe que a amava, que

Drake a amava. O quanto ela trazia para suas vidas! Ele falava e a acariciava, dando a ambos o conforto de que precisavam até que ela caiu em um sono exausto.

Sloane a levou para a cama. Kat confiava nele tão completamente agora que ele nem se deu ao trabalho de acordá-la.

Duas horas mais tarde, Sloane acordou num sobressalto ao som da tosse de Drake ecoando pelo monitor que ligava os dois quartos. A preocupação eliminou o sono de seu cérebro no mesmo instante. Cuidadosamente, ele puxou o braço de baixo do corpo de Kat. Estava tão cansada que ele queria que ela pudesse dormir. Sloane desceu as escadas e deu uma corridinha para o quarto de Drake.

A pouca luz do banheiro banhava o homem. Ele havia escorregado dos travesseiros em consequência da tosse que sacudia seu corpo franzino. Lágrimas corriam pelo rosto do homem doente, que engasgava e ofegava, lutando para fazer o oxigênio entrar nos pulmões. Não tinha forças para se arrumar de novo na cama.

Não pense. Só o ajude. Sloane puxou Drake para cima da cama e colocou a mão em sua testa. Quente demais. Olhou para o celular de Drake em desamparo angustiante. Ele prometera que não haveria ambulância ou hospital até que Drake pedisse por eles. Arrancando os olhos para longe do celular, Sloane pegou um pano molhado para ajudar a baixar a febre. Trabalhando metodicamente, ele molhou os braços de Drake, seu peito e suas costas, e lhe vestiu uma camisa limpa.

Olhando o homem nos olhos, ao substituir o tubo de oxigênio no nariz, Sloane perguntou:

— Você consegue beber um pouco d'água?

Drake assentiu fracamente e conseguiu ingerir alguns goles.

O espasmo de tosse se acalmou. Sloane colocou a mão

sobre o colchão acima da cabeça de Drake.

— Quer que eu chame seu médico?

Drake soltou um suspiro e negou com a cabeça. Seus batimentos pulsavam nas têmporas. Sloane não gostava disso, mas entendia que era a última coisa que Drake ainda poderia controlar: onde ele morreria. E com quem.

— O que está acontecendo? — Kat estava na porta. Cabelo bagunçado, olhos inchados. Ela usava o shortinho habitual de pijama e uma regata. Estava tremendo no ar frio da noite.

Sloane levantou-se do leito de Drake.

— Está tudo bem, volte para a cama. Ele está tendo uma noite difícil. Eu vou dormir na poltrona. — Não deixaria Drake sozinho. Poderiam perdê-lo a qualquer momento.

Jesus, como é que Sloane tinha que lidar com isso?

Mas não deixaria Drake morrer sozinho. Não faria isso. Era a única coisa que Drake temia. Depois de todos os anos em que seu mentor tinha lhe dado apoio, chegando até mesmo a abraçá-lo durante os pesadelos noturnos para que não ferisse a si mesmo, Sloane ficaria ali com ele até o final.

Não importava o quanto sangrasse por dentro com a tortura que seria perder Drake.

Sloane colocou as mãos nos ombros magros do homem e inclinou-se para baixo.

— Eu estou aqui, Drake. Vou ficar aqui o tempo que você precisar de mim.

Drake colocou a mão em cima da de Sloane.

— Eu sei, filho. — Ele fechou os olhos quando o cansaço o levou.

Sloane se acomodou na poltrona e forçou um sorriso

quando Kat trouxe-lhe um cobertor.

— Obrigado.

Ela subiu em seu colo e puxou o cobertor sobre os dois.

— Você fica de olho no Drake, e eu vou ficar de olho em você.

Ele passou os braços em volta dela. Só assim ele suportaria. Porque tinha Kat.

Estaria mesmo disposto a arriscar perdê-la? Matar Foster valia o preço?

A afirmação de Kat, de algumas semanas antes, retornou-lhe à mente: *Foster se tornou mais importante para você do que qualquer outra pessoa.*

Essas palavras agora o assombravam. Será que estava tornando Foster e, sim, até mesmo Sara, mais importantes do que Kat?

Três dias até a luta, e ele ainda não sabia o que fazer.

Capítulo 15

Na tarde de sábado, o nó de chumbo no peito de Kat tinha crescido e se tornado do tamanho de um tijolo. Ela colocou água quente sobre um saquinho de chá para Drake. Em seguida, pegou para si um copo de água com gás.

Em poucas horas, Sloane enfrentaria Lee Foster na gaiola no evento *Profissionais Vs. Amadores* da SLAM.

Kat tinha fechado a Sugar Dancer mais cedo a fim de voltar para casa e ficar com Drake naquela noite.

— Kat? — A voz de homem debilitado era atada por um fio de preocupação.

Droga, ela estava em pé apoiada no balcão, olhando para o nada.

— Estou indo. — Tentando clarear a mente, ela pegou a caneca e se dirigiu para a poltrona de Drake. Naquele dia, ele estava melhor, o que não a surpreendia. Ele amava Sloane o suficiente para lutar, uma última vez, contra a devastação de sua doença. Ao colocar o chá na mesinha, ela olhou para a manta, para se certificar de que ele estava coberto. — Você está aquecido o suficiente? — Ele queria que as janelas ficassem abertas para poder sentir a brisa e ouvir o mar, mas agora ficava com tanto frio...

— Estou.

Kat lançou um olhar para o nível de oxigênio no tanque portátil apoiado sobre a mesa lateral. Ainda estava bom. Ela foi buscar sua água e, de repente, viu Sloane caminhando a passos largos, vestido em um terno negro como a morte, o cabelo escuro penteado para trás e uma bolsa de ginástica pendurada no ombro.

O tijolo de chumbo ficou mais pesado, mas ela forçou um sorriso.

— Você está pronto? — Kat pegou a água para ter algo para ocupar as mãos.

Sloane colocou a bolsa sobre uma banqueta na ilha da cozinha e caminhou para Kat. Depois, colocou as mãos quentes nos quadris dela.

— Você vai ficar bem aqui com o Drake?

— Claro, e o Zack logo vai chegar. — As mãos ao lado do corpo lhe davam firmeza e aliviavam o peso no peito.

Sloane olhou para o relógio no micro-ondas.

— O Zack já deveria ter chegado.

Colocando as mãos para trás, Kat trocou a água pelo celular.

— Vou mandar uma mensagem para ele; vai estar tudo bem. Apenas se concentre no que tem a fazer. — Ela terminou de digitar a mensagem, clicou em "enviar" e levantou os olhos.

— Eu não vou te deixar sozinha com o Drake. Você não consegue.

Ela revirou os olhos. Sloane ainda não tinha superado aquele episódio, embora tivesse razão, já que Drake não conseguia se levantar sem ajuda e não conseguia andar mais do que alguns passos. Mais cedo, Sloane o tinha levado à poltrona.

— Eu não vou levantá-lo. O Zack nunca falta. E se ele não vier por alguma razão, eu chamo o Kellen ou o Diego.

— Ou Sloane poderia ficar em casa.

Kat respirou fundo ao ouvir a declaração contundente de Drake.

— Drake, você sabe que ele não pode. Todas aquelas pessoas esperam ver Sloane lá esta noite. — Mesmo que não soubessem que ele iria lutar, sabiam que era ele quem iria narrar e apresentar todo o show. Sloane havia lhe dito que tinham levantado mais de dois milhões de dólares para o programa *De Lutadores a Mentores*.

Sloane caminhou até a poltrona de Drake e se agachou.

— Você precisa que eu fique em casa?

O homem envelhecido negou com a cabeça. Seus olhos se desviaram para Kat antes de se voltarem para Sloane.

— Não por mim. Pela Kat. Não seja um imbecil. Escolha ela, Sloane. Coloque-a em primeiro lugar.

O tijolo de chumbo no peito de Kat se mexeu dolorosamente. Não era assim que as coisas funcionavam.

— Drake, não. — *Deus, não tente fazê-lo escolher entre ela e seu objetivo.* — A questão aqui não sou eu. — A conversa dolorosa com Sloane logo depois que ela descobriu sobre o plano tinha tornado as prioridades claras: entre matar Foster e ficar com Kat, Sloane escolheria matar Foster. Mas esse não era o ponto. Sloane precisava fazer a escolha por si mesmo, e não por ninguém.

Sloane se levantou, e seus olhos atingiram os dela. Um músculo pulsou ao longo de sua mandíbula quadrada.

Ela precisava corrigir as coisas. Adorava Drake, mas ali, naquele momento, com o foco a laser de Sloane, ela queria beijá-lo por fazer Sloane se preocupar. E por fazê-la se contorcer por dentro.

— Zack vai... — Seu telefone apitou com uma mensagem de texto. Aliviada por uma desculpa para quebrar aquele contato visual brutal e penetrante, ela leu a mensagem de Zack.

Desculpe, estou atrasado. Chego em 20 min.

Ela ergueu o telefone como um troféu.

— Viu só? O Zack vai estar aqui em vinte minutos. Não se preocupe. — Seu coração batia forte, e seus nervos estavam tensos. — Sloane, vá para a luta. Concentre-se naquilo que você precisa fazer; nós vamos ficar bem.

Ele cobriu a distância entre eles antes que ela tivesse baixado o celular.

— Você pode me ligar se precisar de alguma coisa.

Seu perfume — sabonete e aquele almiscarado mais profundo, com uma nota de carvalho envelhecido — a inundou com um desejo que ela não conseguia identificar. Ou talvez não quisesse admitir o anseio egoísta de ser tão importante para Sloane como sua vingança ou Drake. Contudo, era uma tolice.

— Eu ligo.

Ele tocou seus lábios.

— Você é importante para mim, mas, esta noite, eu preciso fazer isso sozinho.

Ela se conteve para não largar o corpo e se entregar naquele breve beijo. Tudo nela gritava por uma conexão mais profunda, mais longa, mais íntima. Não sexual, mas um beijo de ligação que mostrasse a ela que o que tinham juntos também era importante. Porém, Sloane não precisava disso naquele momento; ele precisava que ela ficasse calma e lhe oferecesse apoio.

— Eu sei. — Kat só esperava que ele fosse tomar a decisão certa quando enfrentasse Foster na gaiola.

— Sloane? — Ethan saiu de seu quarto. — Você está pronto?

Kat notou o terno que Ethan vestia. Ele estava um pouco mais magro e se cansava com mais facilidade, mas ainda era difícil de acreditar que só haviam se passado três semanas desde o infarto.

— Tem certeza de que aguenta ir à luta?

Ele sorriu para ela com carinho.

— Tenho.

— Ele vai ficar bem. — Sloane tocou o rosto dela com um calor reconfortante. — Eu o mando trazerem para casa se ele ficar cansado.

Sloane não deixaria nada acontecer ao garoto. E Ethan estar presente naquela noite seria outra razão para Sloane não matar Foster. De frente para o homem que ela tanto amava, Kat disse:

— Se cuide, e eu te vejo quando você voltar à noite.

A tensão fez a cicatriz de Sloane perto da boca ficar esbranquiçada. Ele soltou a mão de Kat, pegou sua bolsa e seguiu para a porta com Ethan.

Na ausência do calor de Sloane, Kat estremeceu, apesar da brisa amena que entrava pela janela. Involuntariamente, ela desviou o olhar para o monitor e para o teclado do alarme na porta da garagem. Uma luz piscou vermelha quando o portão se abriu e o escuro Mercedes de Sloane deslizou debaixo do sol brilhante da tarde.

Ele se fora.

Ela pegou a água esquecida e se dirigiu ao sofá. Sentando-se, Kat franziu o cenho para o homem frágil na poltrona.

— Sério? Ficar em casa por mim? Me escolher? Que diabos foi isso? — Rosnar para o amigo moribundo provavelmente não foi o seu melhor momento.

Drake mudou de posição na poltrona.

— A verdade. Ele não deveria deixar você para trás.

— Fantástico. — Ela tomou um gole de água. Direto. Deus, ia ser uma noite longa.

— Me desculpe, eu não quis fazer você se sentir mal. Ele te ama. — Ele apoiou a cabeça contra a cadeira.

Sim, ela se sentia amada de todas as maneiras, mas não era culpa de Drake. Ele estava preocupado com Sloane e havia feito uma desastrosa tentativa de impedir o homem, que ele amava como filho, de fazer uma escolha ruim. Drake realmente queria que Sloane a escolhesse e fizesse uma vida com ela. Queria morrer na certeza de que Sloane teria o amor que não tivera até então. Era compreensível. Kat sentiu-se inundada pelo remorso das palavras ríspidas.

— Esqueça isso, eu não estou me sentindo mal. Só fiquei surpresa. Que tal assistir a um filme? Algo divertido. — Ambos poderiam aproveitar um pouco de distração. Drake muito provavelmente acabaria dormindo. Agora ele dormia mais do que ficava acordado.

— *Beethoven.*

Sorrindo com a escolha dele, Kat procurou para ver se o filme estava na seleção disponível.

— Você já teve um cachorro alguma vez?

— Já, uma vira-lata de orelhas compridas. Chamava-se Radar. Tenho saudades dele.

Depois de localizar o filme, ela apertou o *play*.

— Como você arranjou o Radar?

— Certa noite, levei uma mulher para jantar. Quando estávamos saindo do restaurante, o Radar tentou roubar a sacola com sobras do jantar que estava na mão dela. Era um cachorrinho vira-lata sarnento. Minha acompanhante deu um berro de surpresa e quase matou o coitado do cachorro de susto. Ele caiu no chão e se encolheu.

Kat tinha visto fotos de Drake de quando ele ainda estava bem de saúde: o homem tinha sido enorme e intimidador. Teria assustado Kat naquela época. No entanto, ele acolheu um cachorrinho assustado e faminto.

— E depois?

— Nós demos as sobras para o cachorro e ele meio que se tornou meu. Ia comigo pra todo lugar, mas nem todas as mulheres curtem essas coisas.

O monitor piscou ao lado da porta da garagem e chamou a atenção de Kat. Zack tinha chegado e estava entrando pelo portão. Ele costumava entrar sozinho na casa.

Voltando sua atenção para Drake, Kat disse:

— Então, e se a mulher não gostasse do Radar?

Ele a olhou com olhos cansados.

— A gente encontrava uma nova mulher.

Kat sorriu para Drake, mas depois fez uma careta para a marca avermelhada de irritação na pele, onde o tubo de oxigênio roçava o rosto dele. Kat se colocou em pé e lhe entregou o controle remoto.

— Vou buscar a pomada.

Uma vez no quarto de Drake, ela rapidamente usou seu banheiro. Em seguida, pegou o tubo e saiu. Enquanto desrosqueava a tampa, disse:

— Isso deve ajudar...

Kat congelou no lugar. A pomada caiu de seus dedos nervosos de repente. A poltrona de Drake estava vazia, exceto pelo cobertor e pelo tubo de oxigênio.

Medo e horror colidiram em seus sentidos. No centro da sala, um homem enorme com cabelo de corte militar segurava Drake diante de si, com uma faca perversa e de cor escura em sua garganta. Não era Zack.

Kat tentou compreender a situação. O que tinha acontecido? Quem era? Por que Zack não estava ali? Ela olhou para o punho em torno da faca e notou uma cicatriz grossa no dorso da mão.

Cicatriz. Essa palavra desencadeou uma memória, algo que Sloane tinha dito.

... ele tem uma cicatriz de queimadura no dorso da mão esquerda...

Ai, Deus.

— Lee Foster.

Capítulo 16

Ainda bem que ele não estava dirigindo. A famosa concentração de Sloane tinha ido pros diabos. Cada quilômetro percorrido para longe de sua casa e mais perto de seu objetivo final aumentava sua ansiedade.

Você é importante para mim, mas, esta noite, eu preciso fazer isso sozinho. Foi o que havia dito à Kat. E depois a deixou para trás para cuidar de Drake.

Porque ele tinha coisas melhores a fazer. Ansiedade? Mais como o fato de ele ser um completo idiota. Ele havia fodido com tudo. Por que não disse à Kat que a amava ou algo melhor?

Ethan o olhou de relance.

— Sou eu dirigindo que estou te deixando nervoso?

— Não. — Ele havia colocado Ethan atrás do volante para ter a maldita certeza de que o garoto não acabaria com uma fobia. O ataque cardíaco tinha acontecido ao volante, e, depois daquilo, Ethan apagou completamente. Esse tipo de coisa mexia com a cabeça das pessoas. Era melhor tê-lo já dirigindo agora, quando só haviam se passado três semanas.

— Por que você não trouxe a Kat esta noite? Eu poderia ter ficado em casa com o Drake e o Zack.

Sloane franziu o cenho. Não tinha convidado Kat para ir,

porque não a queria perto de Foster.

— Ela não gosta de lutas.

Ethan deu de ombros.

— Só queria saber. Porque, se for o dinheiro, eu teria dado meu convite a ela. Afinal, a entrada era do Drake, não minha.

Sloane se esforçou para manter a paciência.

— Não é o dinheiro. Eu teria te dado um convite se o Drake estivesse bom para ir...

O garoto se calou. Sloane se concentrou em colocar a cabeça no jogo e não pensar em sua confeiteira. Ele iria...

— Mas não para a Kat?

— O quê?

Ethan tamborilou os polegares no volante.

— Você não ia comprar um convite pra ela?

O corpo inteiro de Sloane vibrou. Forte.

— Ela não gosta de lutas. Eu não pedi pra ela ir. Assunto encerrado.

— Tá. Mas a Sherry vai.

Que merda tinha o garoto para continuar falando?

— Desembucha.

Ethan o encarou.

— Eu ouvi a Sherry e a Kat conversando sobre isso. A Sherry estava animada, mostrando roupas para Kat na internet, perguntando o que ela iria vestir.

Porra. Sloane já estava prevendo.

— O que ela disse?

— Tentou mudar de assunto, mas a Sherry continuou pressionando. Por fim, ela disse que você não a tinha convidado para ir. E além disso...

Sloane cerrou os punhos.

— O quê?

— Ela não tinha como comprar o convite. E precisava ficar com o Drake.

Jesus, ele não sabia o que dizer. Será que ela achava que ele não queria gastar dinheiro em um convite para ela? Kat não tinha mencionado nada. Nem uma maldita palavra. No passado, ela havia lhe dito que lutas poderiam desencadear os ataques de pânico. Sloane fizera a coisa certa ao não convidá-la. A questão não era dinheiro e ela devia saber disso. Sloane a estava protegendo.

Então, por que ele estava se sentindo uma merda? Por que, de repente, desesperadamente, queria que ela estivesse ali e fosse junto com ele ao evento? Assim, ele poderia olhar para ela e se lembraria de que era mais do que um assassino. Kat teria ido se ele tivesse pedido? Sloane não sabia, pois não tinha dado chance para descobrir, não era? Em vez disso, ele a havia enxotado para cuidar de Drake.

Como se a estivesse escondendo. Essas palavras palpitaram em sua mente. Deus, era isso o que ela pensava?

Sloane pegou o celular, mas em vez de ligar para Kat, perguntou ao motorista:

— Por que você esperou até agora para me dizer?

Ethan ficou vermelho.

— A Kat me implorou para eu não falar. Ofereci meu convite e me ofereci para ficar com Drake. Ela disse tanto para mim quanto para a Sherry ficarmos de fora.

— Drake também estava lá, não estava?

— Sim.

— Merda. — Isso explicava os comentários. Kat provavelmente tinha ficado envergonhada, sentindo-se humilhada quando tentou explicar por que Sloane não a queria na luta. O enorme evento estaria cheio de opulência e convidados de importância social. Os convites eram tão exclusivos que existia até uma lista de espera com pessoas dispostas a pagar uma obscenidade.

Ele olhou para o telefone na mão. O que disse a ela? *Ei, desculpe não te convidar, mas é que eu tinha coisas muito importantes na cabeça.*

Ou ele poderia deixá-la. Fazer o que tinha de fazer e dar um jeito depois. Dizer que a estava protegendo porque sabia que ela odiava lutas e não a queria perto de Foster.

Isso, quando a verdade era simples: Sloane não chegou a considerar o que ela pensava de tudo aquilo. Não, ele andava muito ocupado tentando tomar a grande merda da sua decisão e pensando em como conseguir tudo o que queria. Na realidade, não perguntar à Kat se ela queria ir tinha o propósito de proteger a si mesmo.

Não queria que Kat o visse matar. Não poderia enfrentar o horror que macularia seus olhos. Por isso ele a havia deixado de lado.

— Faz o retorno. Vamos voltar para casa.

Ethan teve um sobressalto ao seu lado.

— O quê?

— Vamos voltar pra falar com a Kat. Se ela quiser ir, ela vai.

— Mas as mulheres gostam de tempo para se arrumar, e essas coisas, não é?

— O John e a Liza podem cuidar do evento até chegarmos lá. — Se Kat quisesse ir, ele faria acontecer; afinal, tinha o dinheiro para fazer as coisas acontecerem. Mas precisava voltar para casa e falar com ela para descobrir. Dar uma chance. Parar de colocá-la de lado.

Fazê-la entender que ela era tudo para ele, que ela vinha em primeiro lugar.

— E se a Kat não quiser ir?

O lugar de Sloane era com ela.

— Então a gente não vai. — Sua tensão e cansaço anterior aliviaram depois de tomada a decisão. Ele procurou entre seus contatos e ligou para John, enquanto Ethan os levava para casa.

O terror agarrou a mente de Kat como um torno espremendo seu cérebro. A faca pressionava a pele do pescoço de Drake. Foster não deveria estar ali.

— Era pra você estar na luta em Temecula.

O homem estreitou os olhos.

— Vou me divertir mais aqui. Enquanto Michaels manipulava aquele espetáculo, eu fiz meus próprios planos. Aquele desgraçado destruiu minha vida por causa de uma vagabunda inútil. Hora de uma pequena vingança.

Corre. Cada célula de seu corpo lhe dizia para correr para a porta. Ou para a garagem. Ou para o banheiro de Drake e trancar a porta. Mas não podia deixar o homem doente para trás.

— Vem aqui — ordenou Foster.

— Corre, Kat! — Drake tentou se contorcer nas mãos do algoz.

Foster deu um tranco para trás na cabeça de Drake e passou a faca por seu pescoço.

— Não! Oh, Deus! — Aconteceu tão rápido que Kat nem conseguiu acompanhar. Por um segundo, ela se perguntou se tinha imaginado, mas, logo, uma fina linha vermelha de sangue começou a brotar na garganta do homem doente. Ela correu para a frente. — Pare! Eu estou aqui! — Começava a sentir uma tontura na cabeça, mas cravou as unhas na palma das mãos. Estava perto o suficiente para ver que o corte em Drake era superficial. Mais doloroso do que prejudicial.

Foster arreganhou os lábios num sorriso.

— Vamos ver o que fez o Michaels prestar atenção em você. Tira a roupa. — Ele virou a faca na mão, de modo que a lâmina apontasse para baixo. — Rápido, ou eu furo a coxa dele e continuo.

Drake tentou sacudir freneticamente a cabeça, mas Foster apertou seu braço sob o queixo.

Kat sentiu a compreensão horrorizada explodir em seu cérebro. Ele a forçaria a tirar a roupa. Ele a estupraria. Mataria os dois.

Foster levantou a faca.

Não estava blefando.

— Tá bom! Eu tiro. — Tremendo violentamente e com as mãos dormentes de pânico, Kat se atrapalhou para tirar a camiseta. Não podia lutar contra isso, não sabia como. Mas não poderia permitir que ele continuasse ferindo Drake.

— Peitinhos pequenos. Ainda não vi grande coisa. Continua.

Os olhos fixos nela a fizeram estremecer. Uma humilhação

pegajosa parecia deslizar por seu corpo. Kat cruzou os braços sobre o sutiã e tentou se fazer menor. Invisível.

— Não faça isso, Kat. — Drake lutava, tentando enfrentar o homem maior.

Foster o segurava com facilidade e disparou um olhar para ela.

— Quer ouvi-lo gritar?

Oh, Deus, oh, Deus. Kat tirou os sapatos e tentou mexer, desajeitadamente, nos botões do jeans. Seus dedos dormentes escorregavam. O que ela deveria fazer? Não havia ajuda. Sloane não voltaria pelas próximas horas. Ela não sabia onde estava Zack. Ninguém viria.

Foster enfiou a ponta da faca na coxa de Drake. O homem mais velho grunhiu, e seu corpo teve um espasmo provocado pela dor.

— Fica pelada, vagabunda. — Foster girou a faca, e com isso arrancou um grito fraco de Drake.

— Eu fico. Não o machuque. Por favor. — Lágrimas mornas e impotentes escorreram por seu rosto e entupiram seu nariz. Ela forçou o jeans abaixo dos joelhos e o tirou.

Os olhos de Foster provocaram uma vergonha vil ao passar pelo sutiã, pela barriga, pela calcinha minúscula e pelas cicatrizes que iam do joelho até o meio da panturrilha. A alegria profana que atravessou o rosto dele fez a pele de Kat se arrepiar. Era como se as cicatrizes o excitassem.

Serpentes de terror viscoso a dominaram. Ela já havia sentido isso antes, quando um homem segurou seus braços e outro a golpeou com o bastão.

— Corre, Kat! — disse Drake com a voz rouca e estrangulada, por causa do braço que lhe agarrava o pescoço.

Foster girou a faca, empurrando-a mais profundo. Drake

soltou um silvo fraco e doloroso.

— Deixe-o em paz. — Ela soluçou as palavras.

O olhar de Foster a atingiu em cheio.

— Deixo. — Ele puxou a faca e jogou Drake como se fosse lixo. O homem mais velho caiu no chão perto da mesa de centro.

— Drake! — Kat levantou o pé, com a necessidade de chegar até ele. De ajudá-lo.

— Vou brincar com você.

O olhar de Foster colidiu com o seu e fez acender um pânico animalesco dentro dela que a impelia a fugir. Kat girou e deu dois passos, mas sua perna falhou. *Não. Ai, Deus!* Com dificuldade, ela tentou recuperar o equilíbrio, mas um braço enganchou em seu pescoço e a puxou para trás. Sem ar, ela tentou cravar a unhas em seu captor.

A faca oscilou diante de seu rosto. Seus pulmões se contraíram. Um zumbido feroz explodiu em sua cabeça. Pontos escuros pipocaram em sua visão. Onde estava Drake? Vivo e assustado? Forçado a assistir o que Foster faria com ela?

Um surto de raiva suplantou o pânico. *Lute. Viva.* Ela era a única chance de Drake. Kat bateu o braço para fora e empurrou a mão de Foster que segurava a faca.

A surpresa o fez afrouxar o estrangulamento.

O que ela havia aprendido com o treinamento entrou em ação. Kat se virou de lado, elevou o outro braço entre eles e atingiu o ombro e a cabeça de Foster. A fúria e o medo se uniram para levá-la a cravar as unhas no rosto do inimigo.

Livre, ela girou para fugir.

— Vagabunda do caralho!

— Corre! — Drake se ergueu na mesa de centro e tentou se colocar em pé. Sangue manchava sua camisa e sua calça de pijama, mas os olhos tinham um brilho de calma determinação. — Para o deque.

No espaço de um único segundo, ela olhou para as portas abertas; depois, para homem que tentava se levantar. Um segundo para escolher. Ela poderia fugir e deixar Drake morrer em seu lugar.

Não. Não poderia fazer isso.

Kat parou, girou na frente de Drake e se colocou em posição de combate.

Sangue escorria pelo rosto de Foster em quatro arranhões. Braços abertos, mão segurando a faca, ele a encarava com desejo assassino brutal nos olhos.

Outro passo o trouxe mais perto.

— Você vai pagar por...

Suas palavras foram cortadas pelo som de uma porta se abrindo. Kat desviou o olhar para a porta que dava para a garagem. *O quê? Como?*

Sloane deu dois passos largos e parou. Sua expressão relaxada ficou pálida. Olhos gélidos. Uma onda de energia feroz começou a crepitar ao seu redor.

Num piscar de olhos, Sloane se lançou. Sua mão atingiu a bancada de granito, e ele passou por cima num salto.

Foster girou com a faca em riste.

Kat sentiu a bile subir pela garganta. Foster iria ferir Sloane. Tinha que ajudar, tinha que fazer alguma coisa.

— Não. Pra fora.

A voz fina e trêmula de Drake a fez cair de joelhos ao seu

lado. Uma dor disparou pela sua perna e provocou cólicas na bexiga. Ela não se importava. Drake tinha caído de novo no chão. Seu rosto estava cinzento e os lábios, brancos. Grunhidos, palavrões e pancadas pegavam fogo à sua direita. *Concentre-se em Drake.* Kat agarrou a blusa do chão e lhe apertou sobre o ferimento na coxa.

Ethan entrou em disparada pelas janelas de correr. Ela não sabia como ou por que ele e Sloane tinham voltado, mas sentia-se simplesmente agradecida que o tivessem feito.

— Ajude o Sloane — ela implorou a Ethan.

— Ele não precisa de ajuda. — Ethan arrancou a camisa social e cobriu Kat com ela. — A polícia está a caminho.

Ela virou a cabeça.

Sloane bloqueou o golpe da faca que mirava seu peito, mas a lâmina cortou pela manga da camisa e lhe atingiu o antebraço. Ele nem percebeu. Sloane saltou para trás para se esquivar de um golpe destinado a seu joelho, e então revidou com um chute no rosto de Foster.

O homem voou de costas e aterrissou a alguns passos de Kat. Tentou rolar, mas Sloane saltou sobre ele e dirigiu socos poderosos e cotoveladas secas no rosto de Foster.

Sangue quente atingiu a pele de Kat. Ao olhar para baixo, ela viu respingos vermelhos brotarem na camisa branquíssima que Ethan havia lhe vestido. Os sons de carne partindo e ossos triturando encheram a sala. Ela não queria olhar, mas, de alguma forma, foi o que fez. Seu estômago se revirou de horror. O rosto de Foster estava se dissolvendo em uma massa disforme.

— Faça-o parar. — A mão de Drake apertou seu braço. — Kat.

O apelo a despertou do estado de choque. Mas como conseguiria fazê-lo notar?

— Sloane?

Nada. Ele não a ouviu e continuou socando com fúria violenta. A morte rondava seu rosto e seus músculos estavam estufados contra a camisa. O sangue escorria de seu braço ferido.

Foster não estava se mexendo.

Trêmula e com náusea, Kat estendeu a mão e lhe deu três toques nas costas.

Sloane girou a cabeça, os olhos fixos. Kat viu de perto o que era a fúria mortífera.

Ele não a machucaria.

— Sloane, ele foi derrotado. — Talvez morto. Ela não sabia, mas não se importava. Apenas se preocupava com Sloane. Precisava de uma toalha para o braço dele. Drake precisava de ajuda. — Nós precisamos de você.

Sloane olhou para o homem detonado e sangrando embaixo dele. O filho da puta chiava, então estava vivo, mas não ia se mexer tão cedo. Ele não importava mais.

Apenas Kat e Drake importavam. Sloane se levantou e foi até eles. Kat estava com a cabeça de Drake no colo e se inclinava em um ângulo estranho para tentar conter o sangramento na coxa. O corte na garganta era superficial e já estava coagulando. Rapidamente, ele rasgou a perna da calça do pijama de Drake e revelou o pequeno furo na coxa. Sloane pegou o tecido da mão de Kat e o pressionou com firmeza sobre o ferimento.

Ethan colocou um cobertor em torno de Kat e lhe entregou o tubo de oxigênio para Drake. Ajoelhado próximo a Sloane, o garoto enrolou uma toalha em volta de seu braço.

— Segura isso, e eu assumo com o Drake.

Sloane pressionou a toalha no corte de faca.

Os dedos de Drake arranharam a perna de Sloane.

— Kat não quis me deixar pra trás. Tentei falar pra ela.

Esquecendo a ferida, Sloane agarrou a mão de Drake e o olhou nos olhos. Um sentimento de ternura tomou conta dele.

— A Kat ama você. Ela não abandona os amigos. — Ou seu amor. *Ele*. Ainda segurando a mão de Drake na sua, ele chegou mais perto de Kat e passou o braço ao seu redor, tomando cuidado com a cabeça de seu mentor sobre o colo. O homem estava disposto a morrer por ela, e Kat havia se mantido determinada a lutar por Drake.

Ela levantou os olhos para os dele.

— Como você sabia que tinha de voltar?

Sloane sacudiu a cabeça, ainda incapaz de acreditar.

— Eu não sabia. Voltei por você. Eu nunca te perguntei se você queria ir ao evento de hoje à noite... Voltei para te convidar, e, se você não quisesse ir, eu ficaria aqui com você. Mas até entrar, eu não fazia ideia de que Foster estava aqui. O carro de Zack estava na garagem. Tudo parecia normal.

Ethan acrescentou:

— Eu vinha atrás de Sloane e enxerguei o que estava acontecendo. Aí, dei a volta na casa enquanto ligava para a polícia e entrei por aqui para levar vocês dois para fora.

Sloane considerou o homem que ele tinha passado a gostar como se fosse um irmão mais novo.

— É por isso que confio em você para proteger a vida da mulher que eu amo. Suas prioridades são muito claras.

— Fico feliz por a gente ter voltado.

Deus, se eles não tivessem...

Mas tinham. Por pouco, mas ele tinha voltado. Sloane puxou Kat mais apertado junto dele.

— Você vem em primeiro lugar, Gatinha. Toda maldita vez.

Com as sirenes soando na rua, Sloane abraçou sua família.

Capítulo 17

— Sloane.

Ele acordou assustado na poltrona reclinável no quarto de Drake e se levantou num salto. Kat estava dormindo na cama ao lado do homem mais velho. Tinham passado a maior parte da noite com ele. Naquele dia, haviam recebido um fluxo constante de pessoas, incluindo os pais de Kat, Marshall e a noiva, e Kellen e Diego, que estavam preocupados com ela. Depois, John, Sherry e alguns dos garotos apareceram para se despedir de Drake.

Fazia vinte e quatro horas que ele estava deixando o mundo aos poucos, dormindo ou inconsciente na maior parte do tempo. Uma hora ou duas antes, John havia mandado todo mundo embora. Ele e Sherry tiveram seu momento particular com o velho mentor e depois foram embora. Ethan também teve o seu e foi para a casa de hóspedes, dando, assim, a Kat e a Sloane aquelas últimas horas com Drake.

Mas agora ele tinha acordado, e Sloane estava olhando para seus olhos azuis surpreendentemente límpidos.

— Achei que você ia dormir mais.

Kat despertou, confusa.

— O que foi?

Drake pegou sua mão, mas manteve os olhos em Sloane

quando disse:

— Eu gostaria de ver o mar.

Kat olhou para o relógio.

— Já vai escurecer. Você vai ficar com frio.

Um pequeno sorriso:

— Não importa.

Sloane fechou os olhos, sentindo o peso dessas palavras. Drake estava partindo. Uma dor insuportável rasgava seu peito.

A mão de Kat tocou a sua.

— A gente pode carregá-lo?

Sloane abriu os olhos e encontrou os dela. Não fazia muito tempo, ela correria para seus braços com terror, permitindo que ele fosse sua força por um instante. E agora ela era a sua.

— Eu o carrego.

— Seu braço. — Ela olhou para o curativo sobre os pontos.

Nada importava, a não ser oferecer a Drake seus momentos finais. Se ele queria ver o mar, Sloane faria isso acontecer.

— Está tudo bem. Pegue um cobertor.

Kat desceu da cama.

Sloane inclinou-se e tirou o tubo de oxigênio do rosto de Drake. Na sequência, deslizou os braços debaixo do homem e o levantou para carregá-lo até o deque, descer as escadas e cruzar a areia até a beira do mar.

Ele se sentou e apoiou as costas de Drake em seu

peito. Drake havia acolhido um menino raivoso, sofrido, e o transformado em homem. Sloane lutava com as palavras para dizer o que isso tudo significava.

— Obrigado, Drake. Você foi um pai para mim. Você é o homem que eu espero ser.

Drake pôs a mão em seu braço.

— Você é o filho que eu escolhi.

A dor no peito de Sloane se intensificou, e seus olhos estavam ardendo quando Kat se aproximou, tomando cuidado com a perna sobre o terreno de areia. Delicadamente, ela colocou o cobertor em torno de Drake. Depois hesitou.

Ao ver sua incerteza, Sloane a puxou para junto deles e a acomodou ao lado de Drake, para estender o cobertor sobre os três.

— Fique com a gente. — Ele não aguentaria fazer isso sem ela. O lugar de Kat era ao seu lado; naquele momento e sempre.

Kat segurou a mão de Drake na sua.

— Eu nunca vou te esquecer. — Sua voz falhou, embargada pela emoção. — Você é meu amigo.

A garganta de Sloane doía. A dor que os inundava era tão vasta e tão profunda como o oceano.

Drake virou a cabeça lentamente.

— Meu laptop.

Kat inclinou a cabeça para se aproximar mais e ouvir seu sussurro áspero.

— O que tem ele?

Drake engoliu em seco, lutando para conseguir formar as palavras.

— Não esqueci de você.

Lágrimas brotaram nos olhos dela e se derramaram pelo rosto.

— Uma carta pra mim?

Drake baixou o queixo para dizer que sim.

O coração de Sloane inchou com dor demais e amor por ambos. Drake, o homem que salvou um garoto atormentado e cheio de raiva, e Kat, que ensinou esse homem a amar.

Drake apoiava o corpo contra o peito de Sloane, e Kat lhe segurava a mão. As ondas subiam e desciam. O sol mergulhava no oceano e estendia um manto macio de escuridão sobre eles.

Drake partia em silêncio, apenas se entregava.

Sloane apertou o braço em volta dele, instintivamente tentando manter o único pai que já tinha conhecido.

Kat enxugou o rosto no cobertor, depois se ajoelhou e beijou Drake na bochecha.

— Sinta a música, Drake. Agora você está livre.

Quando ela desviou o olhar para Sloane, seu rosto estava devastado pelas lágrimas e pela perda; mesmo assim, havia tanto amor ali que ele quase perdeu o controle.

Drake partira.

A terrível realidade o agarrou pelo pescoço, dilacerou seu coração. Ele puxou Kat para junto de si e a abraçou para atravessar a tempestade emocional que se alastrava no peito.

Por fim, Kat disse:

— Eu vou fazer a ligação.

Tinham que ligar para o médico, mas Sloane não conseguia. Ainda não.

— Não estou pronto para deixá-lo ainda. — Sustentaria o peso de Drake porque era seu desejo. O homem havia confiado em Sloane para segurá-lo quando morresse. O pensamento o sufocou de novo. Precisava de mais um minuto.

Kat colocou a mão em seu rosto e atraiu seu olhar para ela.

— Leve o tempo que precisar. Você vai ser, para sempre, seu filho do coração.

Os olhos de Kat brilhavam de compreensão, o que o tranquilizava. Ninguém tiraria Drake dele. Esperariam até ele estar pronto. Kat tocou os lábios na têmpora de Sloane, usou seu ombro para se levantar e seguiu para a casa.

Ele não sabia por quanto tempo ficou ali sentindo a dor entalhada no fundo de sua alma. As ondas mantinham o ritmo de agitação constante. A lua subiu e Sloane percebeu que estava pronto para deixá-lo. Drake estava em paz, livre de dor, mas seu legado de orientação a meninos que não tinham ninguém permaneceria.

Sloane cuidaria disso.

Dez dias depois

Kat terminou as voltas na piscina aquecida na casa de Sloane em Montecito, Califórnia. O quintal exuberante era seu lugar favorito. Sloane estava certo quando os levou até lá para que pudessem ter uma chance de descansar e se recuperar. Os pais de Kellen estavam cuidando da confeitaria, e, pela primeira vez desde que havia comprado a Sugar Dancer, Kat realmente estava tirando uma folga do trabalho.

Começou a subir os degraus para sair da piscina.

Grandes mãos a levantaram da água e a trouxeram para os braços de Sloane.

— Eu fiz margaritas.

Ele usava bermuda e algumas novas linhas de expressão ao redor dos olhos. Entre o ataque e a perda de Drake, ambos vinham tendo pesadelos e maus momentos. Mas tinham um ao outro, o que tornava tudo suportável.

Kat enlaçou as pernas em volta dele, sabendo que Sloane a seguraria.

— Quando você começou a beber margaritas? — Ela só o tinha visto beber uma cerveja ou uma taça de vinho. Mesmo depois da morte de Drake, Sloane não tinha bebido mais do que uma cerveja ou duas.

— Quando a gente estava vindo para cá, você mencionou o quanto tinha gostado das margaritas que a Sherry preparou quando eu estava no Brasil e vocês duas ficaram com o Drake.

Ela fechou os olhos, saboreando o fato de Sloane ter sido tão atencioso e prestado atenção ao comentário casual.

— Eu não quero mais chorar.

— Margaritas fazem você chorar?

Ela abriu os olhos.

— Você é que me faz, com seu jeito de me amar. — Era mais fácil dizer agora, mais fácil de acreditar. Kat tinha visto em primeira mão o amor que Sloane tinha pela irmã e por Drake. Um amor poderoso e duradouro.

Ele a abraçou mais apertado a caminho do pátio que se abria para o lindo quintal ladeado por árvores. Sloane passou uma toalha grossa sobre as costas dela e depois deitou-se numa espreguiçadeira enorme com Kat por cima.

Ele puxou seu cabelo, e a fez erguer os olhos para os seus.

— Estraguei tudo e cheguei muito perto de perder

você. Naquele dia, quando entrei e vi você em pé na frente do Drake, pronta para enfrentar o Foster... aquela imagem vai me assombrar pra sempre. Eu escolhi uma luta contra um assassino maldito em vez de você. — Ele respirou. — A margarita não consegue compensar isso.

Eles andavam remoendo e remoendo os acontecimentos, tentando obter controle das memórias horríveis, dos arrependimentos e dos medos. Ela odiava que Sloane sentisse culpa.

— Não precisa me compensar nada, você voltou. Você nos escolheu: eu e Drake. Só isso importa. — Sloane não sabia que eles estavam em perigo. Foster havia drogado os dois investigadores que o estavam seguindo, por isso todo mundo simplesmente achou que ele estava a caminho da luta.

— Eu te magoei naquele dia. Deixei você para trás sem te contar que você é tudo na minha vida. Foi por isso que eu voltei. Eu tinha que dizer que eu te amo e que você vem em primeiro lugar. E eu acho... — Sloane desviou o olhar para longe. — Talvez eu quisesse que Drake se orgulhasse de mim.

— Ele disse como tinha orgulho de você na carta. — Kat havia chorado ao ler o quanto Drake amava e respeitava Sloane, e como sentia orgulho dele. Drake considerava todos os seus pupilos importantes, mas Sloane ele considerava sua verdadeira família.

Ele voltou o olhar para Kat e balançou a cabeça lentamente.

— Não sei quem foi meu doador de esperma, mas Drake é meu pai em todos os sentidos que importam. — A boca de Sloane se curvou. Ele tocou uma mecha do cabelo de Kat. — E ele amava você.

Ela sentiu a garganta apertada ao pensar na carta deixada por Drake. Havia lido na noite de seu falecimento, enquanto Sloane estava lá fora na praia, e tinha memorizado cada palavra.

Minha querida Kat,

Quando finalmente aceitei a realidade de que eu não ia derrotar este câncer, eu sabia que morreria sem o conforto de uma mulher. Nenhuma esposa, amante, filha, nem mesmo uma sobrinha. O que era uma droga, mas Sloane me preocupava mais. Ele se recusava a deixar que uma mulher se aproximasse emocionalmente (você conheceu a mãe dele!), e eu temia que o menino que eu amo tanto acabasse sozinho como eu.

Então, você entrou em nossas vidas e nos salvou. Você me deu sua amizade, preenchendo as últimas semanas da minha vida com um amor luminoso, um conforto cálido e um riso regenerador. E você deu seu coração ao Sloane, ensinou-o que ele é digno de amor. Vê-lo se apaixonar por você e se transformar num homem melhor (e ele já era um homem muito bom) é uma das maiores alegrias da minha vida. Confie no amor dele. Sloane não vai te deixar na mão.

Kat, você é uma mulher forte e tem um coração lindo. Obrigado por ser minha amiga quando eu mais precisei de você. Aprendi a amá-la como uma parte preciosa da minha família. Quero que saiba que estou em paz por deixar Sloane com você. Viva, ame e seja feliz até nos encontrarmos novamente.

Com amor, Drake

Uma onda de dor e de amor encheu o coração de Kat.

— Ele não esqueceu de mim.

Os olhos de Sloane suavizaram.

— Você é uma mulher difícil de esquecer, querida. Com o Drake não tinha papo-furado, ele dizia a verdade. Vocês dois criaram um vínculo especial que fez as últimas semanas e dias dele mais fáceis.

Ela traçou um dedo pela clavícula de Sloane.

— Minha maior culpa foi não ter impedido que Foster ferisse o Drake. Fiquei paralisada, em pânico, e aquele maldito cortou o homem desamparado e nos últimos dias da vida. — Seu estômago se revirava sempre que ela pensava naquele dia.

— Querida. — A voz dele ficou mais grave. — Você tinha que ter fugido, e não ficado para proteger o Drake. Você não sabe que ele teria morrido por você de boa vontade?

Droga. Ela ia chorar de novo, por isso piscou, determinada a evitar as lágrimas.

— Eu não poderia deixá-lo. David me deixou quando fomos atacados, ele me soltou. Eu não faria isso com Drake. — Como teria sido trágico se Sloane não tivesse tido aqueles últimos belos momentos com seu mentor?

Sloane acariciou suas costas por baixo da toalha.

— Teria sido mais fácil se tivesse me apaixonado por uma covarde; mas, em vez disso, eu me apaixonei por você, minha Gatinha valente. Agora vou passar o resto da vida morrendo de medo que você se mate para proteger alguém que não consegue defender a si mesmo.

Kat deitou a cabeça no peito de Sloane. Depois do ataque, seis anos antes, ela não teve de verdade alguém com quem conversar. Mas agora tinha Sloane e, juntos, estavam processando aos poucos suas emoções.

— Drake me ensinou mais sobre compaixão do que qualquer um que eu já conheci. Ele cometeu um erro, mas assumiu a responsabilidade e tentou melhorar. O que fiz não foi corajoso. Eu só estava sendo a amiga dele.

Sloane acariciou a mão grande na pele de Kat, que começava a secar. Seu corpo era quente e sólido debaixo dela.

— Não importa o nome que você dê a isso. Você estava lá quando ele precisou.

Ela sorriu suavemente.

— E você por nós.

— Graças a Deus.

— Eu queria que pudéssemos ter salvado também o Zack. — Eles tinham comparecido ao funeral do enfermeiro, e Sloane arcou com todas as despesas, mas não era suficiente. Zack havia sido assassinado por Foster, que usou o carro para conseguir entrar na propriedade de Sloane. A morte lhes causou um grande impacto.

Os olhos de Sloane refletiam seu pesar.

— Eu pensei que tinha conseguido, com certeza, fazer Foster morder a isca para ir atrás de mim naquela luta.

Kat levantou a cabeça.

— Você o teria matado?

A mão de Sloane pausou em suas costas, e ele ficou tenso.

— Eu não sei. Eu gostaria de poder dizer que não, mas não acho que eu teria conseguido parar se você não estivesse lá.

Ele estava sendo honesto com ela, por isso Kat fez a pergunta que não queria calar:

— Você se arrepende de não o ter matado? — Foster estava vivo em um hospital da prisão. Se sobrevivesse aos ferimentos, seria julgado pelo assassinato de Zack e pelo ataque a Kat e Drake. Ela não se importava se ele estava vivo ou morto, mas não queria que o fato de impedir Sloane de continuar acabasse se interpondo entre eles e azedasse as coisas.

Ele afastou-lhe o cabelo úmido do rosto.

— Não. Você precisou de mim, e você vem em primeiro lugar. — Ela abriu a boca para dizer o quanto o amava, mas seu celular tocou. Sloane pegou-o da mesa de canto e entregou a ela.

Kat olhou para a tela com surpresa. Mudando de marcha mental, ela atendeu:

— Oi, Ana, está tudo bem? — Era por volta das quatro horas. Será que havia algo errado na confeitaria?

— Oi, Kat. Eu não queria te incomodar na sua viagem, mas estou animada demais para esperar até você voltar.

Sua curiosidade despertou.

— Contar o quê?

— Dois dos programas de TV para onde eu enviei os vídeos ligaram. Os dois querem marcar com você para um quadro. É uma notícia incrível. A gente conseguiu.

— Dois? — Dois programas a queriam. Uma sensação parecida com borboletas batendo asas revirou seu estômago. Nervosismo, medo e alegria misturados. Kat olhou para Sloane. — Dois programas querem me convidar.

Aquele rosto que ela amava, tão brutal, às vezes, abriu um sorriso que chegava aos olhos.

— Aceite. Marque com eles. Essa é sua hora de brilhar, confeiteira.

Deus, como Kat o amava. Não existia nenhum sentimento como aquele.

— Ana, vamos marcar.

Ana riu, e sua felicidade era contagiante.

— Uau, que bom, porque eu já marquei. Manda um "oi" pro Sloane. A gente conversa quando você voltar. — E desligou.

— Estou orgulhoso de você, Kat. Orgulhoso pra caralho.

Kat sentiu um calor percorrê-la. Ao colocar o celular sobre a mesa ao lado das duas margaritas, ela disse:

— Estou um pouco assustada. E se eu estragar tudo? Ou tiver um ataque de pânico?

Sloane levou um momento para responder.

— Vou ficar com você durante as gravações. Kel também pode estar lá. Eu conheço o chefe dele e sei que ele vai ganhar o dia de folga. Você não vai falhar, querida. Você sabe o que está fazendo.

— Eu poderia entrar em pânico.

Ele assentiu.

— E daí? Você não está mais escondendo quem você é. Se entrar em pânico, eu vou estar por perto pra te ajudar a atravessar a crise. Aí, você termina seja lá que sobremesa você estiver fazendo.

Kat piscou e começou a rir tanto, que engasgou. Deus, era muito bom rir de novo. Sofrimento e trauma não desapareciam como uma tempestade de verão, mas poder rir era um sinal de que eles estavam vivos e começando a se curar.

Sloane a colocou ao seu lado na espreguiçadeira, entregou-lhe uma margarita ligeiramente derretida e pegou o outro copo para si.

— Ao sucesso, querida. Você vai ganhar e vai ser a minha estrela.

Kat olhou nos olhos do homem que a amava exatamente como ela era, e que a apoiava em seus esforços para crescer.

— Eu já ganhei. Eu tenho você.

Epílogo

Seis meses depois

São Francisco, Califórnia

Kat devia estar exausta, mas estava eufórica. Sua inauguração da filial da Sugar Dancer em São Francisco tinha sido um enorme sucesso. Teve cobertura da imprensa, vieram críticos gastronômicos, blogueiros lotaram suas mesas, e muitos potenciais clientes entraram e saíram. Foi tudo um borrão de puro entusiasmo. No caminho que a limusine fazia pelas ruas escuras, ela se viu tagarelando.

— Estou falando demais.

Sloane passou o braço ao seu redor e a puxou para mais perto.

— Até parece. Quero ouvir tudo.

Ela realmente achava que seu rosto ia rachar de tanto sorrir. Apesar de tudo que tinham passado, ela e Sloane tinham muito a agradecer. Não tiveram de enfrentar o julgamento de Foster ou David. Lee Foster havia morrido de um coágulo no sangue, um mês após o ataque. Já David fez um acordo de delação premiada pelo assassinato de Finn. Ela e Sloane estavam se recuperando e construindo um ótimo relacionamento. Não importava o quanto estivessem ocupados, ele sempre a fazia se sentir importante. Como agora, quando se dedicava a ouvir a tagarelice animada.

Kat sorriu para ele.

— Você estava na inauguração, já sabe tudo o que aconteceu. — Ele tinha vindo de avião na noite anterior. Kat e seus pais estavam, aos poucos, construindo uma nova relação, e Sloane dava apoio.

Mas Sloane não queria ter nada a ver com a própria mãe. Kat respeitava sua decisão, especialmente depois de tê-la conhecido. A mulher era tóxica.

— Não o dia todo. Eu saí algumas vezes. — Ele franziu a testa. — Tive que ir malhar para queimar aqueles *cupcakes*. Pode ser que eu tenha desenvolvido um vício.

Kat revirou os olhos.

— Verdade, você está engordando. — Ele ainda treinava duro e mantinha a plena forma com as artes marciais. Kat poderia assisti-lo por horas.

— Verdade? Então vamos ter que treinar mais juntos.

Kat nunca ficaria muito melhor do que era no momento devido à perna, mas isso não a incomodava. Nem a Sloane.

— Sério? Porque eu tenho certeza de que treino pesado não deveria acabar comigo pelada e amarrada à sua fita de enfaixar as mãos.

— Deveria sim, se a gente fizer do jeito certo.

Ele se inclinou para frente e pousou a boca sobre a dela. Em segundos, se afastou, e seus olhos viajaram pelo vestido com a saia longa transparente sobre uma minissaia opaca.

— Você usa esses vestidos para me atormentar. — Sloane passou a mão pela panturrilha dela e subiu para a coxa.

— Você adora. — As palavras saíram um pouco mais ofegantes do que ela pretendia. Já fazia oito meses que estavam juntos, e a química se incendiava mais a cada dia.

— Eu amo você e seu vestido. — Ele subiu mais os dedos e acariciou aquele ponto sensível atrás do joelho.

Raios de prazer subiram pela perna de Kat e se acumularam na barriga.

— Talvez a gente devesse pular o jantar e ir para casa. Podemos cozinhar alguma coisa mais tarde.

— Não. Vou te levar para jantar no Waterbar para comemorar. Tive que dividir você com os outros durante todo o dia. Agora você é só minha. — Ele acariciou alguns centímetros mais para cima pela coxa e voltou para o joelho.

— Você está brincando comigo.

— Não sobre o jantar. Você mencionou que queria ir a esse restaurante, então nós vamos. Considere como o meu presente de inauguração.

— E o apartamento que você comprou para eu ter um lugar para ficar quando estiver aqui na cidade?

Os olhos dele assumiram um toque severo.

— Isso é da rubrica de despesas de segurança, e você não tem a menor voz nesse quesito. Foi o nosso acordo. O apartamento é seguro para você.

— Mas está no meu nome. — Esse ponto ela havia protestado longa e arduamente, mas perdeu.

Ele deu de ombros.

— Uma mera confusão do cartório. Merdas acontecem.

— Sloane.

— Pare de reclamar. Eu não fiz nada para ajudar com a Sugar Dancer. Você fez tudo por conta própria.

Ele achava mesmo isso? Kat inclinou a cabeça para trás e a apoiou no braço de Sloane para olhá-lo nos olhos. — Você está errado. Eu não fiz isso por conta própria.

— Como é? Eu sei que eu não ajudei.

Kat afastou a mão dele da coxa e a colocou no coração.

— Você esteve comigo emocionalmente em todos os passos do caminho. — Ele a ajudou durante um ataque de pânico logo antes de filmar o primeiro programa de confeitaria. Sloane tinha segurado sua mão durante a compra e a reforma da nova loja, a contratação e o treinamento de pessoal... Ele era sua rocha, seu porto seguro. — Isso significa mais para mim do que qualquer coisa que seus bilhões de dólares possam comprar.

— Funciona nos dois sentidos, Gatinha.

Kat sentiu um nó na garganta ao pensar na decisão que Sloane tomou de delegar uma boa parte da SLAM a John e Liza, para que ele pudesse se concentrar na construção do Centro para Meninos Drake Vaughn. Era tão apaixonado pelo programa *De Lutadores a Mentores*, que o centro seria parte do projeto.

Quando a limusine começou a diminuir a velocidade e parou em frente ao restaurante, Kat apertou sua mão.

— O legado do Drake. Vocês estão tornando isso realidade. — Ela estava muito orgulhosa.

— Estamos.

A porta da limusine se abriu, e Levi estendeu a mão.

— Kat, cuidado.

Ela sorriu para o homem de vinte e poucos anos, outro

dos garotos de Sloane, que agora cuidava de um serviço de limusine. Ela o deixou ajudá-la a sair e se equilibrar enquanto se firmava na perna direita

— Obrigada, Levi.

— Disponha.

Uma vez dentro do restaurante, Kat virou a cabeça e olhou para a Bay Bridge.

Com a mão em suas costas, Sloane se aproximou e disse:

— Melhor vista de cima. Vamos. — Ele dispensou o garçom. — Eu conheço o caminho.

Depois que ele a levou para o andar superior, Kat olhou para todas as mesas cobertas por toalhas brancas como neve, para os belos talheres, mas não havia clientes. O lugar inteiro estava deserto.

— Hum… Este salão está fechado?

— O salão é nosso por esta noite. Vamos sair no terraço, vista isso. — Ele tirou o paletó e entregou a ela.

Kat o vestiu e sentiu o calor e o perfume de Sloane a envolverem instantaneamente. As mangas ficaram muito compridas, por isso ele as enrolou. Os batimentos dela dispararam.

— O que você fez?

Os riscos cor de âmbar nos olhos castanho-claros reluziram.

— Eu te disse, querida. Chega de dividir você com outras pessoas por hoje. — Ele a levou para além das portas e para o frio da noite de São Francisco.

— Você alugou todo o piso superior do restaurante?

— Aluguei. — Eles pararam na proteção do terraço. — Pare de olhar para mim e olhe para a ponte. Eu te trouxe aqui por causa da vista magnífica.

Kat se virou para obter o impacto total da Bay Bridge, que formava arcos pelo céu noturno, iluminados por milhares de luzes. Deslumbrante. Era tão linda que ela não conseguia respirar direito. A ponte majestosa estava tão próxima que parecia ser possível tocá-la.

— Gostou?

— É linda. Quer dizer, eu já tinha visto antes, mas desse ângulo... é de tirar o fôlego.

Ele passou o braço ao redor dela e a puxou para junto de seu corpo. O vento soprava o cabelo e a saia de Kat, fazendo-os chicotear em volta. Ela não se importava com o vento ou o frio. Ficaria ali para sempre para desfrutar daquela vista com o homem que amava.

— Um final perfeito para um dia incrível. Obrigada. — Ela suspirou e olhou para cima. — Quando eu me lembrar de hoje, esta vai ser minha parte favorita.

Ele roçou a boca sobre a dela.

— Sabe qual foi a minha parte favorita?

Bem, tinha sido um pouco difícil não saber, já que ele a ergueu do chão e a abraçou bem na hora em que os flashes das câmeras dispararam.

— O Bolo de Chocolate Alemão da Sara. — Mais cedo naquele dia, durante a festa de inauguração, Kat havia revelado a especialidade da casa na Sugar Dancer SF.

O rosto de Sloane suavizou.

— Você planejou isso tudo quando me perguntou qual era o bolo favorito da minha irmã.

Ela colocou a alma na criação de um bolo bom o suficiente para a memória de Sara. Ver a reação de Sloane tinha sido melhor do que ganhar os concursos dos programas de confeitaria.

— Demorei um pouco para encontrar o ponto certinho.

— Ela teria amado o bolo e também ter algo com seu nome. — Sloane tocou os fios cor de lavanda no cabelo de sua confeiteira. — Você vai colocar meu nome em alguma coisa?

— Eu tentei, mas não consegui encontrar nenhuma sobremesa que fosse boa o suficiente para ter o seu nome. Tem que ser perfeita. — Ela agarrou mais firme a grade, olhando fixo para a ponte. — Nem se eu reproduzisse essa ponte, eu poderia capturar o poder que existe em você.

Ele sorriu para ela e pegou sua mão.

— Há uma coisa que eu gostaria muito que tivesse o meu nome. — Seus dedos quentes envolveram os dela.

— Sério? Os *cupcakes* de limão?

— Você.

Kat ficou sem fala.

— O quê?

Sloane estendeu a outra mão, onde havia uma caixa de veludo no centro da palma.

— Case-se comigo, Kat. Que o meu nome seja o seu nome. Isso me faria feliz. — Ele tirou a aliança, pegou sua mão e deslizou o aro no dedo. — Você me disse que tudo o que sua avó queria era que você sentisse a música, lembra?

O coração de Kat batia forte.

— Lembro. — Isso estava mesmo acontecendo?

— É assim que eu me sinto por ter você na minha vida. Eu sinto a música, Gatinha, todos os dias com você. Quer se casar comigo?

O vento soprou por eles, carregando um cheiro de mar e de amor.

— Sim. Eu te amo tanto. Mas você não precisa me dar uma aliança. — Ela nunca usava anéis, não desde o último noivado desastroso.

Os olhos de Sloane irradiavam amor, desejo, ternura e um brilho de divertimento.

— Querida, olhe para o anel.

Kat confiava nele, confiava que ele a conhecia. Ela o deixou pegar a mão. As luzes da Bay Bridge brilharam pelos dois aros finos de platina entrelaçados como dançarinos. Minúsculos diamantes incrustrados reluziam e criavam uma ilusão de movimento. Simples e elegante, ela o adorou quase tanto quanto adorava Sloane.

— É lindo e sensual.

— Meu joalheiro desenhou depois que eu mostrei fotos dos quadros na Sugar Dancer. Custou uma ninharia, vou ser sincero. Mesmo feito sob encomenda. Meu joalheiro jurava que você ia jogá-lo de volta na minha cara.

Kat não conseguia parar de olhar. Toda vez que virava a mão, os minúsculos brilhinhos dos diamantes criavam efeitos de movimento.

— Como dançarinos apaixonados. — Como ele fez isso? Kat queria ficar olhando o anel para sempre.

Sloane ergueu seu queixo.

— Eu queria te dar uma aliança que você amasse, mas não me importo se você vai usar ou não. Ainda mais no trabalho, quando anéis atrapalham. Tudo que eu quero é que você seja minha esposa e amante pelo resto das nossas vidas.

— Ainda posso ser sua acompanhante também?

Ele passou o braço ao redor dela, e a levantou para um beijo.

— Você é a única, Kat. E eu sou seu. Agora e para sempre.

Queridos leitores,

Depois de três livros, chegamos ao fim da história de Kat e Sloane. Com todo o meu coração, eu quero agradecer a cada um de vocês por ter feito esta viagem comigo. Vocês tornaram a escrita desta série uma experiência incrível. Não queria que terminasse, mas sei que é a hora. Kat e Sloane estão felizes.

Espero lançar mais livros sexy em breve.

Uma ótima leitura!

Jen

Dedicatória

Para todos os leitores, blogueiros, resenhistas e amigos:

Um enorme obrigada! Escrevi e publiquei a história de Kat e Sloane porque amo-os com toda a minha alma de escritora. Eles vieram a mim durante um momento muito difícil na minha vida e me fizeram acreditar no poder do amor e da cura.

Mas o que eu nunca esperava eram VOCÊS, meus amigos. Vocês leram os livros e se identificaram fortemente com os personagens, o bastante para os recomendarem em todo lugar. Essa atitude me enche completamente de humildade. Amo cada um de vocês por dizerem ao mundo o quanto amam os livros!

Sabem do que mais? Kat e Sloane estavam certos: o amor e a cura estão aí disponíveis para todos nós.

Vivam, amem e comam mais *cupcakes*!

Com todo o meu amor, Jen

P.S. Só não vão comer os *cupcakes* de limão de Sloane porque ele não divide!

Agradecimentos

Gostaria de dizer um obrigada muito especial a Sasha Knight, que editou os três livros nesta série. Ela fez um trabalho incrível! Fico admirada com sua capacidade de trabalhar tanto a história quanto a escrita, sem deixar de permanecer fiel aos personagens. Todos os erros são completamente meus.

Sobre a autora

A autora *best-seller* Jennifer Lyon vive no sul da Califórnia, onde planeja continuamente maneiras de convencer o marido de que eles devem ter um cachorro. Até agora, ela falhou na empreitada canina, mas se consola com a paixão de escrever livros. Até o momento, Jen já publicou mais de quinze, incluindo uma série divertida e sexy de mistério e uma variedade de romances contemporâneos sob o nome de Jennifer Apodaca, e uma série paranormal ardente e sombria, como Jennifer Lyon. Ganhou prêmios e teve seus livros traduzidos para vários idiomas, mas ainda não conseguiu encontrar uma maneira de convencer o marido de que precisam de um cachorro.

Jen adora se conectar com os fãs.

Visite seu website em www.jenniferlyonbooks.com ou siga-a em https://www.facebook.com/jenniferlyonbooks.

UMA PROPOSTA SEDUTORA

Rico, sexy e volátil, Sloane Michaels tem um plano sombrio que mantém seu coração no gelo. A riqueza extrema lhe dá o controle que ele anseia ter, e suas habilidades como ex-lutador de UFC, as ferramentas de que vai precisar para conseguir a vingança definitiva. Porém, quando a mulher que imaginou nunca mais rever cruza seu caminho, Sloane se vê preso entre a vingança que precisa e a conquista sexual que deseja.

Há seis anos Kat Thayne vive em modo de sobrevivência, escondendo-se atrás das doces criações de sua confeitaria. Entretanto, quando o roubo de um carro ao acaso a coloca frente a frente com seus medos mais obscuros e suas fantasias mais ardentes, Kat é forçada a deixar o esconderijo ao receber uma proposta perigosamente sedutora. Uma que ela sabe não ser forte o bastante para recusar.

SÓ VOCÊ

Sexy e selvagem, o bilionário Sloane Michaels controla sua vida inplacavelmente. Até mesmo suas parceiras sexuais são cuidadosamente escolhidas e submetidas a um acordo de acompanhantes, incluindo a sua mais recente conquista, a confeiteira Kat Thayne. Mas o controle da Sloane é desafiado quando seu mentor fica gravemente doente, e sua necessidade de possuir Kat a qualquer custo, rivaliza apenas com seu único objetivo motivado pelo espírito de vingança pelo assassinato de sua irmã.

Depois de sobreviver a um ataque, seis anos atrás, Kat Thayne escapou de seus medos sentindo-se protegida pelas paredes de sua amada padaria. Então Sloane Michaels entra como um furacão em sua vida, fazendo-a se sentir bonita, forte e sexy. No entanto, quando Kat empurra seus limites e descobre um segredo perigoso em seu passado, o lado controlador da Sloane emerge. Preocupado que Sloane consiga possuir sua mente, corpo e alma, Kat luta para manter sua independência duramente conquistada. Mas, assim que Sloane exige a sua rendição completa, ela descobre que ele tem um lado sombrio que poderia destruir a ambos.

Editora Charme

Entre em nosso site e viaje no nosso mundo literário.
Lá você vai encontrar todos os nossos
títulos, autores, lançamentos e novidades.
Acesse www.editoracharme.com.br

Além do site, você pode nos encontrar em nossas redes
sociais.

https://www.facebook.com/editoracharme

https://twitter.com/editoracharme

http://www.pinterest.com/editoracharme

http://instagram.com/editoracharme